抽丝剥茧　侦破案情真相
千头万绪　辨析真话谎言

失事的画家

赵帅通 ◎ 编著

上海科学普及出版社

图书在版编目（CIP）数据

失事的画家 / 赵帅通编著 . —上海：上海科学普及出版社，2015.6（2021.11重印）

（辨图破案大侦探）

ISBN 978-7-5427-6373-0

Ⅰ．①失… Ⅱ．①赵… Ⅲ．①故事–作品集–中国–当代 Ⅳ．① I247.8

中国版本图书馆 CIP 数据核字 (2015) 第 015021 号

责任编辑：忻　玮　李　蕾

辨图破案大侦探

失事的画家

赵帅通　编著

上海科学普及出版社发行

（上海中山北路 832 号 邮编 200070）

http://www.pspsh.com

各地新华书店经销　天津融正印刷有限公司印刷

开本：787×1092　1/16　印张：8　字数：120 000

2015 年 6 月第 1 版　2021 年 11 月第 2 次印刷

ISBN 978-7-5427-6373-0　定价：29.80 元

本书如有缺页、错装或坏损等严重质量问题

请向出版社联系调换

目 录

1. 失事的画家 …………………………………… 1
2. 丢失的座钟 …………………………………… 4
3. 修道院里的谋杀案 …………………………… 7
4. 死于家乡的暴徒 ……………………………… 10
5. 有预谋的车祸事件 …………………………… 13
6. 冬夜里的巡逻 ………………………………… 16
7. 橡木桶里的葡萄 ……………………………… 19
8. 迷雾杀机 ……………………………………… 23
9. 午后的谋杀案 ………………………………… 26
10. 梵高自画像 …………………………………… 29
11. 两个死亡时间 ………………………………… 32
12. 邮轮上的谋杀 ………………………………… 35
13. 无奈的布朗先生 ……………………………… 38
14. "吝啬"的有钱人 …………………………… 41
15. 书房中的谋杀案 ……………………………… 44
16. 一封书信 ……………………………………… 47

17. 吉米的破绽 …………………………… 50
18. 最后的劫匪 …………………………… 53
19. 巴克尔的诡计 ………………………… 56
20. 巨额的保险金 ………………………… 59
21. 两个小流氓 …………………………… 62
22. 猎户座 ………………………………… 65
23. 酒吧里的谋杀 ………………………… 68
24. 化妆舞会 ……………………………… 71
25. 伪装的意外事故 ……………………… 74
26. 旅馆小事 ……………………………… 76
27. 隐藏的秘密 …………………………… 79
28. 争夺圣母像 …………………………… 82
29. 太平洋上的美军医院 ………………… 85
30. 精心策划的阴谋 ……………………… 88
31. 河边的公寓 …………………………… 91
32. 奇怪的劫匪 …………………………… 94
33. 名画失窃案 …………………………… 97
34. 小商店里的凶杀案 …………………… 100
35. 自作聪明的凶手 ……………………… 103
36. 被盗的埃及古币 ……………………… 106
37. 说谎人的心思 ………………………… 109
38. 圣诞夜惊魂 …………………………… 112
39. 雪夜凶杀案 …………………………… 115
40. 谁杀了画家 …………………………… 118
41. 敬业的医生 …………………………… 121

艾文

八岁,读小学三年级,常为自己的爸爸是私家侦探而感到万分自豪。艾文脑袋瓜活络,活泼好动,善于思考。虽然常常闯祸,但总能凭借自己的小聪明而免于爸爸的责备。

克莱尔

八岁,读小学三年级,艾文的同学、邻居兼好朋友。她自诩比艾文更有侦探天赋,但事实上胆小娇气,对艾文很是依赖。

布朗先生

伦敦市颇有名气的私家侦探,艾文最敬爱的爸爸。他沉默寡言,富有破案经验,擅长从一些常人不易觉察的蛛丝马迹中发现破案的关键线索,让很多坏人闻风丧胆。

威狼

一只受过严格训练的狗,时常在各个凶杀现场客串演出,威风凛凛,面相凶猛,可惜品种不详,是艾文和克莱尔的好玩伴。

1. 失事的画家

布朗先生应邀参加一个慈善晚会。晚会上将会拍卖一些收藏品，其中有一幅素描画他十分感兴趣，是画家索斯比先生的遗作。

"女士们，先生们，现在我们开始拍卖大画家索斯比先生的遗作，相信大家都知道这幅画的价值，起拍价15万英镑！"

"拍卖师先生，可以麻烦您请出这幅素描的委托人吗？"拍卖师话音刚落，人群里突然响起一个声音，"我想请他介绍这幅画，让更多的人欣赏它，了解到它的价值。"

说话的正是布朗先生，索斯比是他的朋友，他很想了解这位好友最后的作品。

很快，一名叫乔治的年轻人走上来，对台下的人说道：

"各位先生，两个月前，索斯比先生和他的好友唐纳德先生在一次登山旅行的途中遇到暴风雪，索斯比先生不小心摔倒了，随身携带的画具和作品全部掉入山坳，被大雪掩埋。他们艰难地前进，最后被困在一座破旧的小木屋里。索斯比先生的伤情很严重，他预感自己没有多少时间了，便恳请好朋友寻找绘画工具。唐纳德先生在旧橱柜里，找到一支旧钢笔和一瓶没有用尽的墨水。最后，索斯比先生尽力完成了这幅构思许久的作品，安详地离开了人世。"

"那么，你认为这张钢笔素描就是索斯比先生最后的作品了？"布朗先生问道。

"是的，这就是索斯比先生最后的作品——一位大画家倾其生命的遗作！"乔治肯定地回答道。

"可是，年轻人，我要告诉你，虽然这幅画你伪造得很巧妙，但伪作永远是伪作，这根本就不是索斯比的作品！"布朗先生愤怒地说道。

布朗先生快步走上台去，大声地向全场说出了理由，乔治一下子说不出话来。

你发现乔治的漏洞了吗？

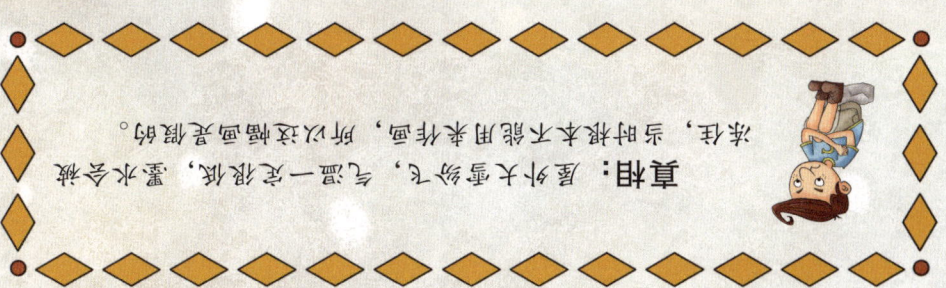

真相：因为失去双手后，不可能一只画一笔素描，需水分准确性，没有双手根本不能用来作画，所以这幅画是假的。

2. 丢失的座钟

　　天早早地暗了下来，伦敦的冬夜非常冷，但凯瑟琳的家里却热闹非凡，一片欢声笑语。凯瑟琳是一个富有的女人，今晚她在别墅里办了一个聚会。可是，聚会还没结束，她便发现自己最喜爱的座钟不见了，它原来就摆在大厅里的桌子上。

　　当布朗先生开着老爷车赶到时，宾客们都已经聚集在客厅了。凯瑟琳站在门口，她的情绪很激动，像一头被激怒的狮子。

　　"布朗先生，里面的房间和外面的车子我们都已经检查过了，但没有找到我那个价值不菲的座钟。"说到这里，凯瑟琳突然垂头丧气起来，她对布朗先生说道："我想得问问我的客人们了。可是在聚会里我们玩得太开心，恐怕连自己做过什么都记不清了，更别说注意别人的行动了。"

　　布朗先生点了点头，随后开始勘察现场，客厅、卧室、停车场、洗手间……遗憾的是，并没有找到明显的线索。布朗先生回到客厅，让艾文准备好纸笔，他想讯问一下这里的宾客。

首先问到的是麦克斯，他回答说："我和朱莉一样，是最早到达的一批。可能有人始终都没有注意到我，那是因为我一直在房间里看电视转播的足球比赛。"麦克斯坐在沙发上说，布朗先生没有说什么，记录下了他的话。

其次被问到的是朱莉，她回答说："我从来没有离开过房间，也没有发现什么不正常的现象，我一直在和不同的人聊天，还品尝了桌子上美味的食物。"布朗先生也没有说什么，只是在纸上记录着，便让这个女人离开了。她走到衣架前，轻轻地取下了自己的大衣。

"我必须得回家了，我的妻子还在等我呢，要是回去晚了，她又要骂我了。"菲利普耸耸肩说道。他说自己从未离开过这座房子，只是去过二楼的阳台，不过天气实在太冷了，一会儿就回屋了。

"看来要用一整夜时间来找嫌疑人了。"凯瑟琳抱怨说。

"不用了，凯瑟琳女士，我已经确定了一个嫌疑人。她就是朱莉！"艾文说。

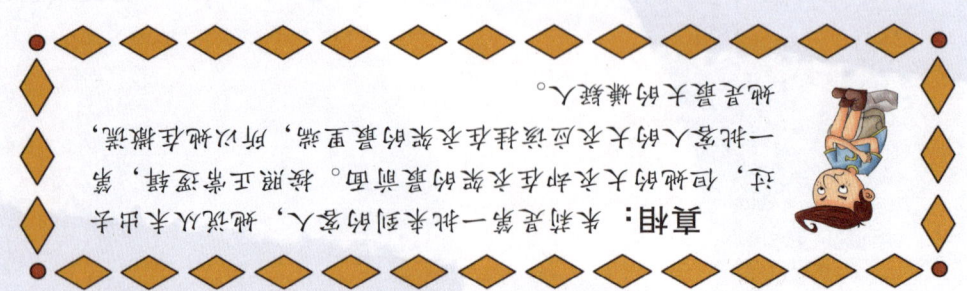

提示：朱莉是第一批来到的客人，她没以从来没有离开过房间，但她的大衣却在衣架上，这就正面落实，第一批来的人的大衣应该在衣架的最底层，所以她的大衣就是最上层的人。

3. 修道院里的谋杀案

警察局最近破获了一起特大毒品走私案,并且逮捕了犯罪团伙的头目尼尔森。但是警方手中的证据还不能证明尼尔森是这个团伙的首领。最后警方找到了他的前妻艾蜜莉,准备让她出庭作证。为了确保她的安全,警局安排她住进了伦敦城的一个修道院里。

可是在艾蜜莉住进修道院的第二周,探员们的自信就遭到了严重的打击,真的有暴徒敢在修道院里杀人。就在傍晚修女们做祷告的时候,艾蜜莉被一颗小口径手枪的子弹打穿心脏。

"艾蜜莉死了。"修道院的负责人玛丽修女告诉了布朗先生这个不好的消息。

布朗先生在三楼艾蜜莉的房间里看到了她的尸体。

玛丽修女颤抖着声音说:"哦,上帝啊,凶残的暴徒竟然在修道院里杀人,他一定是撒旦的信徒。可是我不明白,他是怎样进来杀了人,又逃出去的。"

"也许凶手既没有进来过,也没有出去过。"沉思了一会儿,布朗先生说道:"最近几天有其他的修女加入修道院吗?

"是的，新来了三个修女！"玛丽修女回答道。

"枪响时我在二楼，"卡拉修女说，"当时我害怕极了，慌忙藏到一个窗帘后面。过了一会儿，我看到朱莉安修女从三楼跑下来。她没有看见我，但我清楚地看到她手里拿着一把小口径的手枪。"卡拉说话时很激动，布朗先生甚至能看到她脖子抖动。

朱莉安修女是从东区转院来到这里的，她承认她当时拿着一支0.22英寸口径的手枪："当哥哥听说我要来这个修道院后，他让我带着枪防身，看来哥哥是对的。我听到枪响后，拿着枪下了楼，可是什么也没看见。"

厄休拉修女是最后一个进入修道院的修女，她说："枪响时我正在三楼的洗手间里，随后我就听到了一个男人的声音。"

听完三个修女的描述，布朗先生马上就指着卡拉修女说道："你就是凶手！"

布朗先生为什么说卡拉就是凶手呢？

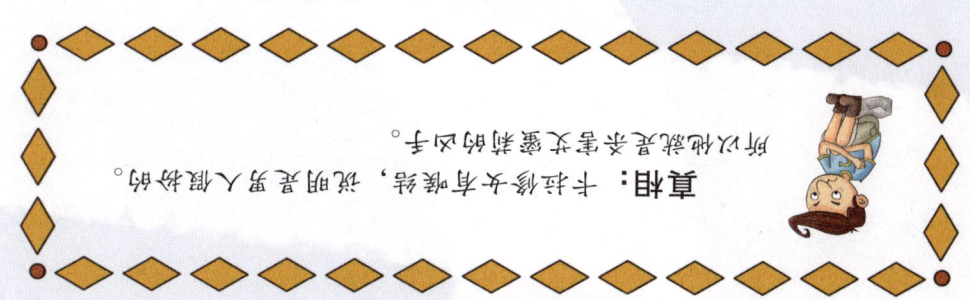

提示：卡拉修女不是哑巴，她听的见人得枪声，所以她说在在不是受惊吓的凶手。

4. 死于家乡的暴徒

布朗先生正在追踪罪犯阿道夫,从伦敦一路马不停蹄,追到了坎贝雷特的一个乡下小镇。可是,刚进入小镇没多久,阿道夫便消失了。不过布朗先生并不意外,因为这里就是那个暴徒的出生地。

阿道夫是一个臭名昭著、无恶不作的混蛋,自从在伦敦的一次抢劫中被布朗先生盯上后,便被一路逃回了家乡。

第二天一大早,布朗先生在当地警方的协助下来到了阿道夫的家。可是,大大出乎他意料的是阿道夫竟被人杀死在自家后院的花园里,身上满是刀伤。布朗先生立刻询问了周围的邻居,邻居们显然都对阿道夫没什么好印象,众口一词矢口否认曾目睹过什么异常情况。

很明显，他们在撒谎。布朗先生仔细观察过周围的环境，案件发生时至少有三个人在附近。

布朗先生先找到布鲁姆，他刚刚刷完家里的门廊。布鲁姆看上去是一个友善的年轻人，布朗先生注意到，布鲁姆在同他握手时，在裤子上擦了擦手。他有些抱歉地说："我整个上午都在用油漆刷门，这是一件麻烦的事情，所以，我什么都没有看到，也没有听到。"

奥尼尔的花园与阿道夫家仅有一墙之隔。"今天我虽然起得很早,但是我一直在花园里除草,中间我还回屋吃了早饭,我没有看到什么。"

最后,是个大肚子的中年人,叫肯尼。他对布朗先生说:"我当时正在梯子上擦窗户。"布朗先生发现从肯尼的院子里可以俯视死者的院子,肯尼却说:"阿道夫的院子已经空了很久了,我从不往里看。我当时在考虑别的问题,没注意隔壁的情况。"

尽管三个人全都不配合,但布朗先生还是发现了一些蛛丝马迹。他已经确定阿道夫这个暴徒,就死于三人当中的一个手中。

你知道布朗先生怀疑谁吗?

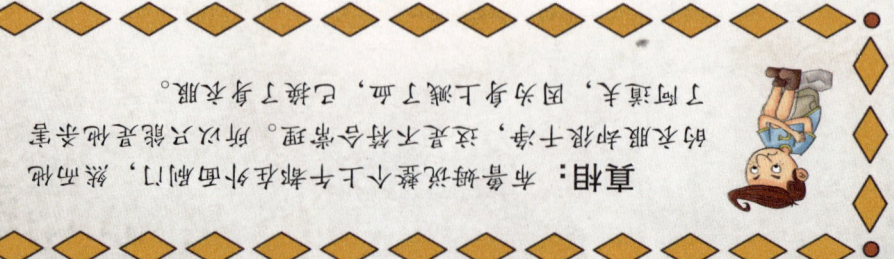

草根:布朗她说看见一个人从在外面撬门,然而她的花园和阿道夫家只是一墙之隔,所以不可能看见凶手了问题来,因为有人撒了谎,已撒了谎来推。

5. 有预谋的车祸事件

埃默里先生是宝石商人俱乐部的一员,按照惯例,今年俱乐部的新宝石展览将由他主持操办。

展览一开始,埃默里先生就感到很失望,今年来参加展览会的客户里,并没有看起来十分有品位的,这意味着今年的珠宝卖不到一个令他满意的价钱了。尤其让埃默里先生感到不快的是,来自伯明翰的德罗尼穿着一件上世纪流行的绿色衬衫,还有来自南安普顿的皮特竟然穿着一身运动装来参加展会,最不可忍受的是约克郡的杜塞尔脚上的两只袜子竟然是两种颜色。

尽管对来宾相当失望,但埃默里先生还是认真地介绍了俱乐部新推出的宝石。作为今年的主办方,埃默里先生自然精心准备了自己的展品,那是一块纯天然的、美丽的绿宝石。他还特意在绿宝石的周围放置了一些人造红宝石、蓝宝石、鸡血石,来衬托绿宝石独有的色泽。

埃默里先生兴致索然地介绍完俱乐部其他宝石商人的新产品,故意停顿一会儿,才清咳一声,准备重点介绍那颗绿宝石。

突然，街道上传来了强烈的撞车声，一下子把所有人的注意力都吸引到了外面。不过短短几秒钟，埃默里先生的目光就回到了那颗绿宝石上，"哦，天哪！"他惊叫了一声，桌子上所有的东西都不见了！包括不值钱的鸡血石和那颗价值连城的绿宝石，一瞬间都消失了。

埃默里先生生气地拨打了电话，布朗先生带着艾文迅速来到了现场。布朗先生勘察了一番，了解情况之后，对埃默里说："街上的撞车事件一定是策划好的，为了转移你们的注意力。"

果然，布朗先生很快就在距离展览会不远的一条街道里，找到了一个布袋。打开一看，布袋里是闪闪发光的人造蓝宝石、鸡血石，可就是没有那颗绿宝石。

"看来窃贼只想要绿宝石呀！"布朗先生说道。

艾文回忆着展厅的客人们，忽然说道："埃默里先生，我知道窃贼的同伙是谁了！"

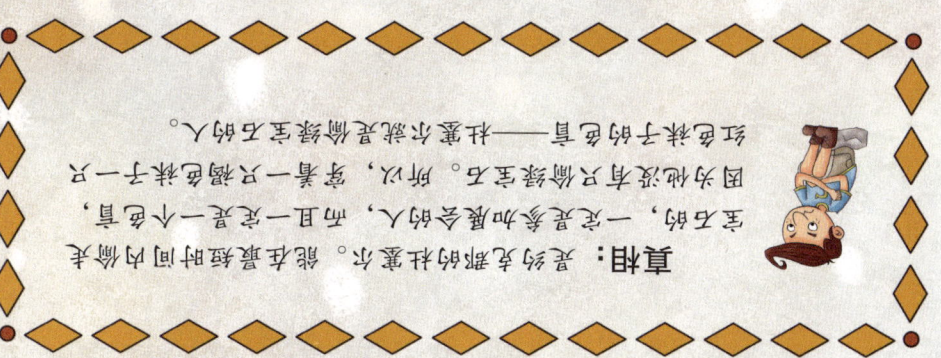

草根：展厅里有那么多客人，谁才是窃贼的同伙呢？因为说有只偷绿宝石，所以，肯定有一个提前装了只假绿宝石在柜子里的人——就是那个坐着轮椅的男人。

6. 冬夜里的巡逻

寒风刺骨，街道上还有白天留下的水渍，但都已经结成了冰，布朗先生正带着艾文准备接妻子下班，艾文的妈妈今天需要加班到很晚。虽然天气寒冷，但艾文很兴奋，在车里蹦来跳去，像一只出了笼子的小猴子。

他们巡视到一家商店的门口时，一只流浪狗突然从车前窜过。布朗先生顺着流浪狗跑来的方向看去，发现街角的菲林斯珠宝商店有灯光闪过。

布朗先生立刻驱车赶了过去。他让艾文留在车上，随后拔出手枪从车里出来，向商店门口靠去。不过为时已晚，盗贼已经逃跑了。

布朗先生迅速回到车上，对艾文说道："这伙盗贼一定有放哨的，可能是刚才来的路上看到了三个人当中的一个……"

"快，我们去抓坏人吧！"艾文来了精神，高声喊道。

为了防止意外，布朗先生已经通知了附近的警探。没多久，行动迅速的警探们便逮捕了那三个可疑的人，布朗先生决定马上

讯问他们。

"我正在等公交车。"说话的是一个拄着白手杖，戴着墨镜的老人，"我是菲林斯珠宝店隔壁商铺的会计，今天工作到很晚，我的确听到了隔壁商店里有动静，但我没看清楚是什么。"

第二个是中年妇女。她在寒风中有些颤抖地对布朗先生说："我是出来找修车铺的，你们可以到前面检查我的车，现在它还是坏的。"

最后一个是个酒鬼，他好像是喝多了，手里拿着一瓶喝了一半的威士忌。"我正在找回家的路，你知道贝克街110号怎么走吗？"他含糊不清地问道。

"不要再装了，我已经知道你和那些盗贼是一伙的！说出来吧，他们藏在哪里？"艾文指着其中一个人喊道。

艾文指的是谁，为什么呢？

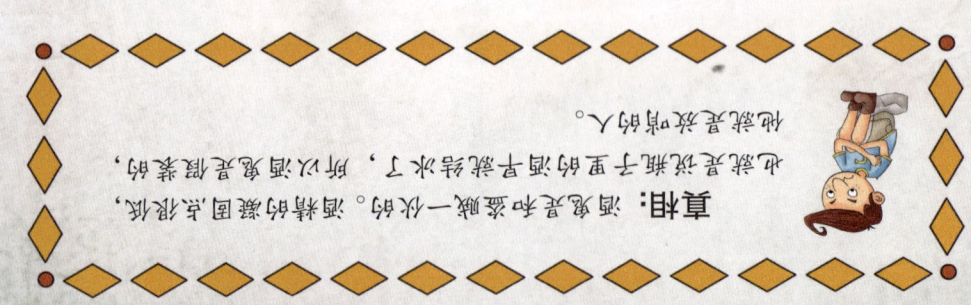

提供：酒鬼拿着的酒瓶已经少了一半，说明他的酒是真喝了的；中年妇女车坏了可以证明；所以酒鬼和妇女不是装出来的人。

7. 橡木桶里的葡萄

这天,伦敦正下着大雨,外面一片雾蒙蒙的。布朗先生歪倒在沙发上,正在思考一个很重要的问题——该死的大雨什么时候停。"砰砰砰……"一阵急促的敲门声盖过了雨点拍打窗户的声音,他不情愿地站起身子,打开门,敲门的是一个胖胖的中年人。

"打扰了,布朗先生,这真不是个好天气。"中年人进来,随手脱下大衣和礼帽,满含歉意地对布朗先生说道。

"是的,先生,这天气糟糕极了,请问你找我有什么事吗?"

"事情是这样的,布朗先生。我叫皮埃罗·伯格,是一个商人,三年前我离开了伦敦,到伯明翰做生意。临走之前,我把在伦敦积攒的黄金藏进了一只橡木桶里,交给了我的邻居鲍勃保管,对他说里面是新鲜的葡萄,并说很快就回来。但是我没有想到在伯明翰一呆就是三年,昨天我回到伦敦去找鲍勃,他却说橡木桶弄丢了,还说愿意赔偿我损失的葡萄。哎,我这是自作自受,可是……"

布朗先生挑了挑壁炉里的柴火，说道："我明白了，伯格先生，你是想让我帮你找回那个丢失的橡木桶，找回那些黄金。"

"是的，布朗先生，我怀疑是鲍勃私吞了那些黄金。我打听到，两年前他突然变得很富有……"

"放心吧，先生，等雨停了，我就和你一起去拜访鲍勃先生。"

大雨好像知道伯格焦急的心情，没多久便停了下来。布朗先生和艾文如约跟随伯格往鲍勃家赶去。

经过半小时的车程，他们在一个豪华公寓门前停了下来。敲开门，出来的是一个肥胖的中年人，他一看到伯格就立刻说道："是伯格啊，那个橡木桶我找到了。两年前因为搬家，好多东西都丢了，昨天你走后，我花了很长时间才把它找出来。你等一下，我去拿来。"

说着，鲍勃把他们引到客厅里，便转身到后院去了。果然，他们没等几分钟，鲍勃就抱着一个橡木桶出来了。"原封未动，伯格，这就是你三年前给我的那个橡木桶，今天在布朗先生的见证下，我把它还给你了，以后出了什么问题，可和我没有任何关系了。"

伯格激动地站了起来，感激地说："就是它，就是这个橡木桶，是我误会你了，真对不起，鲍勃……"

突然，伯格的声音戛然而止，他全身颤抖，用不可思议的目光扫了一眼此刻得意洋洋的鲍勃，又低头看了看橡木桶——橡木桶里竟然真的是一桶葡萄，伯格抱着脑袋呜咽起来。

艾文看着伤心的伯格先生，大声地对鲍勃喊道："先生，请你把伯格先生的黄金还给他!"

"什么黄金?哪里有,我什么时候拿他的黄金了?"鲍勃委屈地叫了起来。

"不要再装了,你这把戏连小孩子都骗不过,快交出黄金吧!"布朗先生说道。

鲍勃哪里露出破绽了呢?

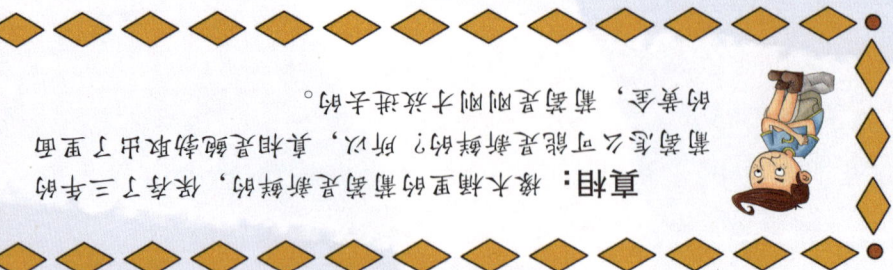

提示:按木棍直直的规律是斜的,但在了三月份的英英,我我是不可能是斜的的?所以,其他是肯定被取出了里面的黄金,我我是在刚刚才发现的。

8. 迷雾杀机

早晨，迷雾中的伦敦，一切都是湿漉漉的，人们窝在被子里不愿意起床。布朗先生钻进老爷车，开始了一天的工作。

由于雾气太大，布朗先生的车开得很慢，他一边与街上稀疏的行人打着招呼，一边警惕地留意着周围的风吹草动。忽然，浓雾里闪出一个黑影，转眼间就窜到马路的另一边，布朗先生迅速追了过去。

穿过马路，黑影钻进一条阴暗肮脏的小巷子，布朗先生预感一定有事情发生，这样的环境可是那些罪犯的天堂啊。他停下车，摸了摸腰后的伯伦朗左轮手枪，蹑手蹑脚地向小巷子走去。

"什么东西？"布朗先生嘟囔了一句，此时，两只发亮的眼睛缓缓向他移动，他利索地拔出左轮手枪，刚想开口，"嗖……"的一声，一只褐色的野猫扑了过来。

"今天是怎么了，一惊一乍的。"布朗先生侧身躲过野猫的袭击，有些自嘲地笑了笑，心中却长出了一口气，"咦！那是什么？"前方迷雾中的一抹刺眼的红色吸引了布朗的注意。他快走几步，发现一个妙龄少女躺在地上一动不动。少女已经死亡，突出的眼球和脖子上的淤青表明她是被勒死的，尸体还是温热的，说明死亡没多久。

"凶手应该还没走远,现在去追还来得及。"布朗先生猛地站起身来,辨别了一下方向,就要去追踪凶手。忽然,他听到一声急促的呼吸声。

"谁,出来!"布朗先生举起手枪,对准了不远处的垃圾桶。

"啊,不要开枪……"垃圾桶的盖子慢慢地掀了起来,一个年轻人眯着眼睛,举着双手,从垃圾桶里钻了出来,"我什么都没看见,什么都没听见……"

布朗打量着这个受到惊吓的年轻人:他相貌英俊,神情紧张,蓝色的领带松松垮垮地挂在脖子上,还沾有点点红色,白衬衫因为钻过垃圾桶也污点斑斑。

"我刚才路过这里的时候,听到一阵激烈的争吵声,我非常害怕,就躲在这个垃圾桶里了。随后,我听到一声惨叫。侦探先生,我只知道这么多……"年轻人看到是一个侦探,没等布朗先生发问,便快速地说道。

布朗先生并没有放下手枪,反而厉声喝道:"不要再装了,先生,你在撒谎。说,为什么要残忍地杀害那个女人?"

年轻人吃惊地看着布朗先生,说:"我什么都不知道啊,我都不认识她,为什么要杀她?"

布朗先生的嘴角露出难得一见的弧线,随口指出了他的破绽。年轻人无言以对,只得承认在冲动之下杀害了这个难缠的女人。

年轻人哪里露出了破绽呢?

答甲:年轻人说自己不认识手帕绑带上的女人,明明知道这个女人有关系,所以他在撒谎,他就是凶手。

9. 午后的谋杀案

午后,太阳肆意地炙烤着大地,街道上的行人都没精打采的。布朗先生躺在客厅里的沙发上小睡,突然一阵急促的电话声惊醒了他。"有新案件。"布朗先生一下睡意全消,带上艾文,迅速赶往了案发现场。

死者约有五十多岁,名叫阿姆斯特朗,是一位银币收藏爱好者。他仰面倒地,后脑遭钝器重击致命。从现场痕迹来看,尸体应该是被翻转了过来,死后曾被搜身。法医鉴定,死亡时间不超过半个小时。

由于炎热的天气,午后经过这的人并不是很多,布朗先生很快确定了三名嫌疑人,路过的行人汤姆、阿姆斯特朗的邻居科林、邮递员伊登。

"我经过阿姆斯特朗先生家门前的时候,根本没有看到任何人,天气热极了,我急着回家喝水,也没注意周围的情况。"汤姆擦擦脸上的汗说。

"半个小时前，我出门买冰淇淋，回来的时候看到阿姆斯特朗先生正在锁门，我们相互问过好，我就回到屋子里了。"科林先生说。

"他要是听我的话就不会出事了，唉，太可惜了。"邮递员伊登说："阿姆斯特朗先生总喜欢把他收藏的银币放在外衣的口袋里，走起路来故意摇得叮当响，生怕别人不知道他收藏了银币。这样，坏人肯定不会放过他的……就在刚才，我看他又把口袋里的银币弄得叮当响，我还专门提醒过他，让他小心一点，结果……"

没等伊登说完，艾文说："我看你是最大的嫌疑人，不要再狡辩了！"

那么你知道艾文为什么怀疑伊登吗？

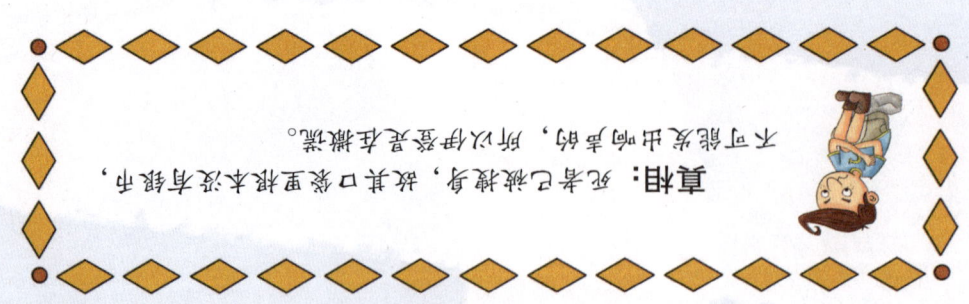

真相：艾文已经推断出，枪手已经把阿姆斯特朗杀害，不可能在阿姆斯特朗身上，所以伊登的话是有漏洞。

10. 梵高自画像

　　福特先生最大的爱好是收集世界名画，前几天他得到了一幅梵高的自画像，于是邀请自己的好朋友，同样喜欢梵高的布朗先生来自己家做客。布朗先生对这幅画爱不释手，欣赏了很久，才恋恋不舍地将它放回原处。中午喝茶聊天时，布朗先生对福特先生半开玩笑地说："这幅画这么珍贵，你不害怕被人偷走吗？"

　　福特先生端起咖啡杯，搅拌了几下道："怕什么？我已经为它投了巨额的保险。"布朗先生还是觉得有些不安全，如果被盗的话，以后花大价钱也不一定能买得到，但是他也没有再说什么。他们一直聊到很晚，还喝了一些酒，当晚布朗先生就留宿在福特先生家里了。半夜里，布朗先生迷迷糊糊中好像听到福特的房间有人说话，但声音很小，他并没有在意，很快又睡着了。

　　几天后，因为对这幅画念念不忘，布朗先生再次来到福特先生家。但不幸的是，福特先生的那幅画不见了，现在正为这件事

伤心。保险公司的人正在检查现场，他们已经把福特先生的家查找了一遍，同样没找到那幅画，也没发现什么有价值的线索。等保险公司的人离开后，虽然布朗先生也很惋惜，但他还是安慰福特先生说："没关系的，一定会找回来的，就算找不回来，损失大部分也有保险公司承担了……"

"哎，我应该听你的，把它好好保存起来，不应该张扬地放在客厅里。"福特先生懊悔地说。

布朗先生仔细地打量着客厅，他还是觉得事情有点不对。忽然，他的目光落在墙角的另一张油画上，然后指着它说："老朋友，还是把画拿出来吧，你这样骗保险金是不对的。"

福特先生站了起来，苦笑着说："还真是什么都瞒不过你啊。"

你知道布朗先生看了到什么吗，福特先生把画藏在哪里了呢？

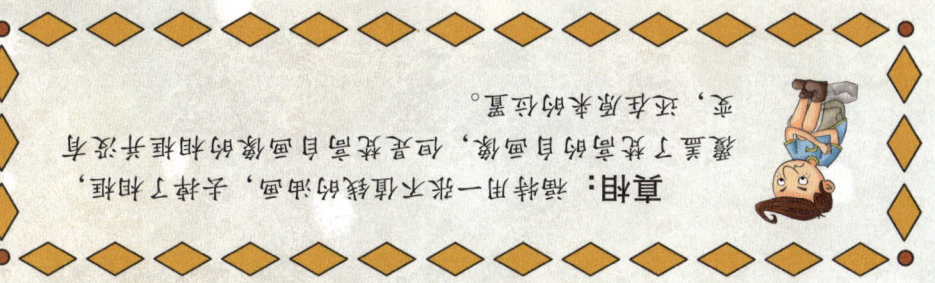

真相：福特用另一张尺寸相近的油画，盖住了被盗的油画，关掉了射灯，而蒙盖上的只是画框并没有画，这也是露出的破绽。

11. 两个死亡时间

星期六的午后,阳光明媚,布朗先生带着艾文去参观植物园的展览。果然是世界之大无奇不有,在这里他们见到了很多稀奇古怪的植物,比如搞晕艾文的冬虫夏草。

可是就在他们游兴正浓的时候,植物馆里却发生了一起凶杀案。植物馆馆长道格先生在单独的办公室里,背部被刺了一刀,趴在写字台上死去了。布朗先生接到报案后立刻赶往案发现场,等到他们赶到时,现场已经被警局封锁了。布朗先生表明身份后,一名探员把他带到了那间办公室。

布朗先生发现写字台上的烟灰缸里,有一支正在燃烧的粗胖型雪茄,烟灰缸里掉落了一厘米左右的烟灰。

"根据烟灰的长度判断,这支雪茄燃烧还不到15分钟。现在是4点多一点,也就是说罪犯在杀害道格先生以后逃跑的时间是3点50分左右了。"布朗先生检查了这支雪茄,皱着眉头说:

"但是，法医检验的死亡时间却是在下午1点左右。"

"会不会凶手离开之后，又回到办公室点燃雪茄，试图干扰警方的推理呢？"艾文也点着小脑袋说。

"不会的，2点以后我一直都在离办公室不远处工作，并没有看到有人进出过办公室。道格先生的为人很好，闲暇时候喜欢在办公室里观察星星，怎么会有人杀他呢？"道格先生的助手艾伯特悲伤地说。

艾文忽然看到了一样东西，叫道："我明白了，我明白为什么雪茄燃烧的时间和死亡时间不一样了！"

你知道艾文明白什么了吗？

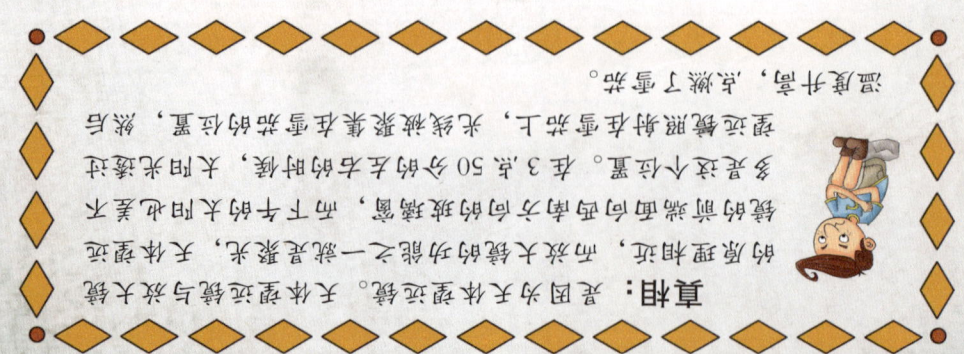

真相：是因为天体望远镜。天体望远镜与放大镜的原理相似，当强光透过它聚集到一点后便会烧毁它所照射的东西。在下午3点50分左右的时候，太阳光透过望远镜照射在雪茄上，无意之间就把雪茄的位置，就在温度升高后，点燃了雪茄。

12. 邮轮上的谋杀

布朗先生正在追踪一起国际盗窃案件。警方得到消息,狡猾的盗贼已经出海了,为此他乘坐上了女王号。女王号是一艘计划环绕地球航行的豪华邮轮,它的下一站正是布朗先生的目的地——美国。

可当女王号行驶到大西洋时,邮轮上却发生了让人胆颤心惊的事件。某日早晨,在船尾的甲板上发生了一桩凶杀案,死者是一个叫詹妮弗·库派的时装设计师。

詹妮弗是一个富有的女士,但由于她肥胖的身体和挑剔的眼光,至今未婚。布朗先生参与了这件案子的谈论,他认为基本上可以排除情杀的动机,求财杀人的可能性比较大。经过各方面的配合调查,布朗先生最终确定了两名嫌疑人。

戴维斯·门罗是一个年轻的小伙子,他是詹妮弗的外甥,同时也是她的财产继承人,却因为赌博欠下了一屁股债,现正四处躲避债主;海曼·桑德勒是被害人的助手,被她发现贪污,现在

正面临解雇和被上诉。

　　布朗先生检查过现场之后,迅速地指出了谁是最大的嫌疑人。不过,他并没有表露身份参与审查,还有一名大盗可能就混在人群中呢。

　　那么,你知道谁是杀害时装设计师的最大嫌疑人吗?

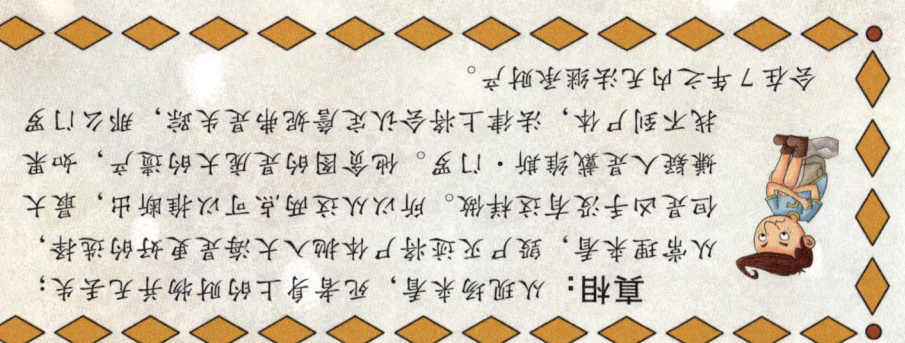

真相:从现场来看,死者身上的伤并非正面攻击,从背部来看,锐利且狭长的伤痕深入大脑是致命的致伤,而是死者身后有攻击者。所以凶器的尖应可以推断出,当大雄鸡人呈灵跪拜、门闩,他看图的是大的铁片,让尔走到了他的身体侧面的是,那么门闩使正是7月2日生死碰撞死亡。

- 37 -

13. 无奈的布朗先生

布朗先生正在给艾文讲解一道数学难题，突然听到一个女人尖叫"救命"，是隔壁邻居琼斯的声音，他迅速地冲了出去。

布朗先生撞开门，看到琼斯小姐只穿着浴袍，一脸惊吓地站在浴室的门口。

"太可怕了……小偷！吓死我了……"琼斯小姐惊恐地说。她的头发冒着热气，湿漉漉的，脚上还挂着水珠。

布朗先生问道："怎么了，发生什么事？"

"小偷突然闯进来，抢走了我的画……"

琼斯小姐坐在沙发上低声说："当时我正在洗澡，门窗都关得紧紧的，可是当我从浴室里出来的时候，却发现窗户打开了，接着我就看到一个人，拿着一幅画跳窗逃跑了……"

"琼斯小姐，你看清小偷的长相了吗？"艾文随后也跑了过来。

"我在浴室的镜子里匆匆看到一张肥大、通红、粗糙的脸，他还咧开大嘴对我阴笑。"琼斯小姐有些不自然地说道："我以为他要杀我，所以喊了'救命'，随后他就逃跑了……"

这时，布朗先生环视了一周，拉起正要说话的艾文，一言不发地离开了。

"……怎么了，爸爸，小偷还没有抓到呢……"

"根本就没有小偷。"布朗先生无奈地向一脸疑惑的艾文解释说。

你能猜出琼斯小姐哪里露了马脚吗？

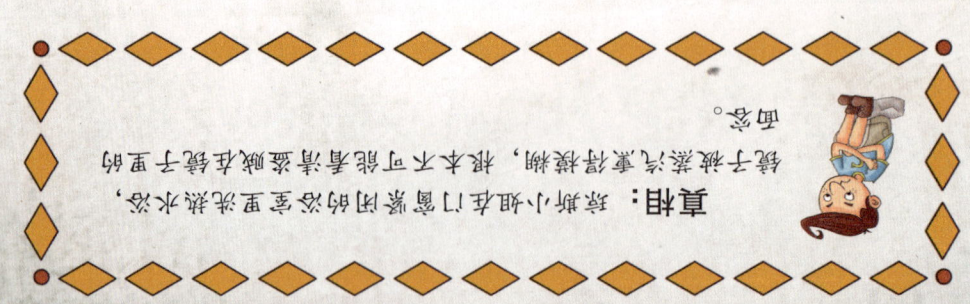

真相：琼斯小姐住的公寓当时的自来水管道水压太低，根本就无法喷淋洗澡，也不可能使浴室镜面蒙上雾气。

14. "吝啬"的有钱人

莫里哀是个有钱人,但是得了重病,医生告诉他可能活不过今年的圣诞节。莫里哀非常沮丧,他害怕去世后亲人争夺他的财产,于是把值钱的东西全都变卖了,并把所有的现金存放在银行里。

他临死前仍不肯公布财产分配方法,好像打定主意要让这笔存款跟随他一起埋入地底。直到他去世后,布朗先生才作为遗嘱宣布人,带着遗书出现在莫里哀的家里。

"各位,请节哀,莫里哀先生生前曾经委托我帮他保管遗书,现在我遵照约定,宣读莫里哀·阿巴贡先生的遗嘱:

现在的我已经沉睡了。

我已把全部值钱的东西兑换成现金,约有400多万英镑。为了避免亲人因财产反目,所以,我在世的时候,并没有公布它们。现在,我请公正的布朗先生作为公证人,分配我的遗产。遗产大

部分捐赠各慈善机构，其余 50 万英镑则藏在卧室某处。现场的亲属们，谁找到就属于谁。"

布朗先生宣读过后，把遗书交给了莫里哀的大儿子皮特，让他辨别真伪。皮特不敢相信地从头至尾、里里外外翻看了好几遍，才勉强相信这就是他那吝啬的父亲最后的决定。

最后，所有的亲属都来到了卧室，墙上新糊了一层报纸，而非墙纸。当想到死者生前非常节俭，谁也没有在意。大家差不多把整间屋子都翻遍了，也没有找到那 50 万英镑藏在哪里。大家都很失望，认为是莫里哀和他们开了一个玩笑，正想离开的时候，突然，莫里哀的侄女维多利亚一声惊呼——她找到了，就在这个房间！

你猜莫里哀把钱藏在哪里呢？

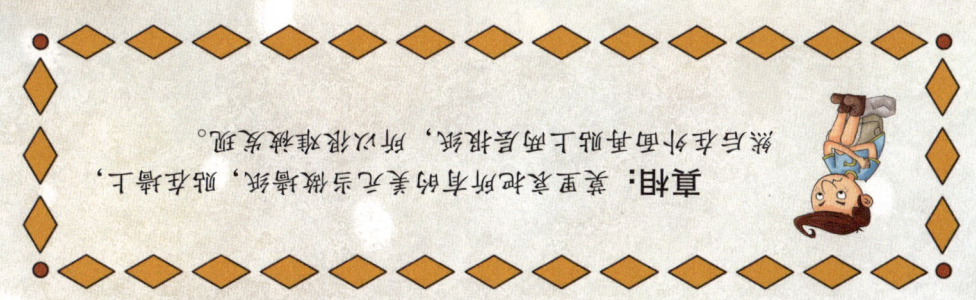

答相：莫里哀把所有的美元纸币都撕碎，贴在墙上，然后在外面糊上的层报纸，所以谁难发现。

15. 书房中的谋杀案

布朗先生接到报案，是一个先生打来的。"我什么都没干，布朗先生，请相信我，我是正当防卫……我真的不是故意的……"布朗先生刚拿起电话，便传来一阵语无伦次的说话声。

"这位先生，你先别着急，发生了什么事情？"布朗先生安慰着他问道。

"我失手杀害了艾伯特，但我真的不是故意的……我在牛津街……"电话里的声音断断续续地说出了地址。

案发现场距离布朗先生并没有多远，不过十分钟，他就赶到了。书房里，一名男子倒在地毯上，胸口插着一把水果刀。

"布朗先生，案发之后，我除了用桌子上的电话报警，现场的一切都保持原样，请你检查吧。"办公室里的另一名男子说道，布朗先生听出来，他就是打电话的那个先生。

布朗先生察看了办公室，办公桌并无被乱翻的痕迹，抽屉也是关着的。于是，布朗先生对那个先生问道："这究竟是怎么一回事。"

"布朗先生，我叫托马斯，倒在地上的是我的朋友维克多。"托马斯深吸了一口气，慢慢地说："今天上午，我来还一月前向他借的钱，可是他一看到我就破口大骂，说我还钱晚了，害他错过了很大一单生意。"

"但是我想他弄错了，我只不过借了他2000元，怎么可能耽搁到他的生意呢？可是他突然变得不可控制起来，歇斯底里地喊叫'我要杀了你！'说着便从抽屉里面拿出一把水果刀，向我扑过来，我吓坏了。然后，我们扭打了起来。我被打懵了，等回过神来，水果刀已经插在了维克多的胸口了。"

他长吁了一口气说道："我知道不对，但是布朗先生，我是正当防卫。"

"我明白了，托马斯先生，怕你不止借了2000元吧。你是故意杀人的，不要试图狡辩，跟我回警局吧。"说罢，布朗先生便打电话通知了警局，因为这里还有些收尾工作需要专人来做。

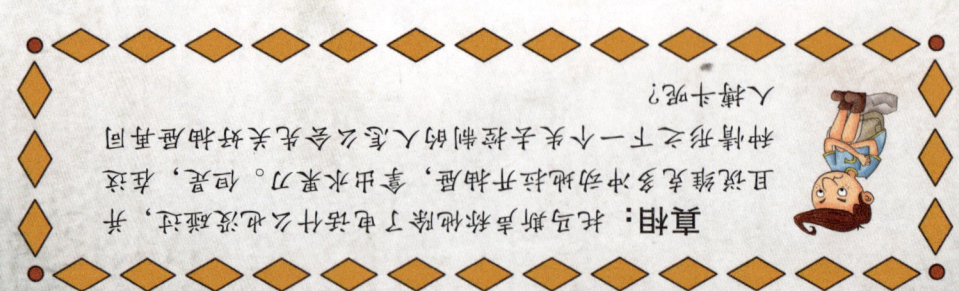

疑点：托马斯声称维克多说了句什么之后起身，并且从抽屉里面拿出水果刀，扑向了他。可是水果刀是放在抽屉里的，维克多要拿刀肯定要开抽屉，开了抽屉之后是没办法扑向一个人的？

16. 一封书信

晚上10点，海德公园酒店的楼层里一片静谧。突然，第五层冒出了滚滚浓烟，失火了！经过半小时的紧急抢救，火势被及时扑灭，大部分客人都被安全转移出来。住在一间套房里的露西小姐也逃了出来，可是隔壁套房里的朱莉小姐却被烧死在里面。

消防人员在救援时发现，火源是朱莉小姐房间内的一个定时起火装置，朱莉小姐也不是因火灾而死，在起火之前，她已经被匕首刺中心脏了，法医断定死者死亡时间是晚上9点。

经过调查，布朗先生最终确定了两名嫌疑人，一名是住在隔壁套房的露西小姐，有人看到她在案发前从朱莉小姐的房间里出来；另一名是平日里就与朱莉小姐不合的昆汀先生。

"我今天下午因为有点事情，所以很晚才回来，本来想找朱莉聊聊天，但是她没有开门。我想她已经睡了，然后我就回房间休息了。可是刚躺下没多久，我感觉着胸口有点闷，周围渐渐弥漫起烟雾，我就赶紧跑下楼了。"露西小姐抽噎着说。

昆汀的个子高高大大的，他说："我知道你们怀疑我，可是真不是我干的，为此，我还收到一封恐吓信呢。"他拿出了一封信，读了起来："我知道你就是杀害朱莉小姐的凶手，如果不想被人知道，明天下午，必须带10万现款到车站的入口前。信的最后还有落款时间，是晚上八时。"

布朗先生看着手里的信，仔细观察着两名嫌疑人，说道："我已经知道谁是真正的凶手了，多么残忍的人啊。"

布朗先生发现的凶手是谁？为什么？

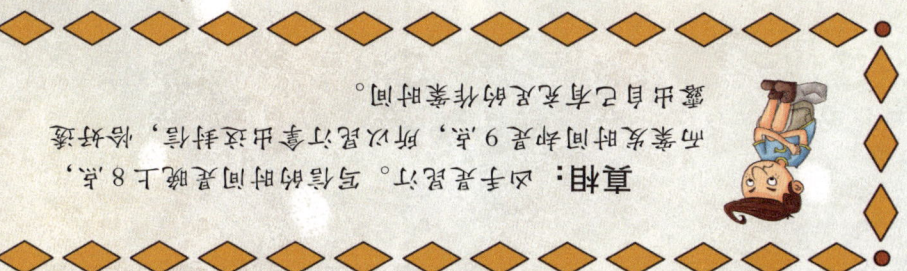

真相：凶手是昆汀，写信的时间是晚上8点，当案发的时间是9点，所以昆汀才能收到信，他就暴露出自己有关凶杀的疑问。

17. 吉米的破绽

吉米趁着夜色摸到英格玛的公寓里，手脚利索地干掉了他，并重新布置了现场。他看着英格玛的尸体被悬挂在了公寓房间的吊灯上，叹了一口气，自言自语道："你惹谁不好，偏偏惹到我，死了也是活该。"

他正想锁门离开，好像听到有东西掉在地上的声音，不过光线不好，他也没有在意，锁上门就离开了。

第二天一大早，吉米带着布朗先生一起赶往这栋房子。他对坐在车里的布朗先生说道：

"英格玛最近心情不太好，因为他的妻子正在和他闹离婚，本来我应该早些去看他的，可是给他打电话也没有人接，没人知道他在哪。今天早上，我还在睡觉，他突然打来电话，说不想活了，我才知道他的地址，我想让您帮忙一起开导开导他。哦，我们大概已经到了。"

布朗先生下了车，跟随着吉米来到公寓门前，他看到门是虚掩的。吉米敲过门，但里面没有回应，他慌张地推开了它，可眼

前的景象，却让布朗先生目瞪口呆。

一个男人被绳子吊在房间的吊灯上，房间里一片狼藉，还有一股刺鼻的酒精味。

"啊，英格玛，天啊！"吉米悲伤地大叫出声，迅速地跑进去把英格玛抱下来，放到了地上，试图救治他。

布朗先生扫视了房间一眼，只见地下有一枚纽扣，而英格玛身上的衣服并没有缺纽扣。这时他回过头来仔细看着在那里忙活的吉米，冷笑了一声，说："吉米先生，收起你的假仁慈吧！我正奇怪你怎么会请我来帮你开导朋友，原来这只是一个借口，你带我来是为了洗脱你杀害英格玛的嫌疑。可是百密终有一疏，告诉我，你为什么要杀害他！"

吉米从哪里露出了破绽呢？你知道吗？

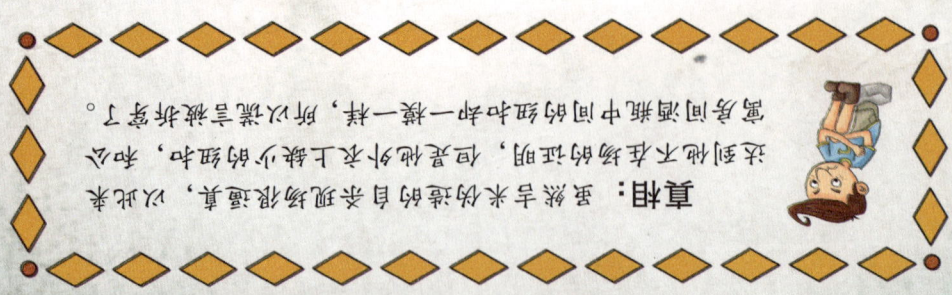

真相：既然吉米的说法是英格玛选择自杀，以是说他上吊的位置，房间摆设应与上吊之前的场景一样，所以他不应走进去把英格玛放下来。

18. 最后的劫匪

危险！布朗先生正面对着一场枪战，情形十分危急，对方是一伙极为凶残的劫匪，他们打劫了汇丰银行！

现在，布朗先生和警探加强了火力压制，掩护着两名优秀的警探从另外一个方向打击劫匪。不一会儿，劫匪那边响起了几声惨叫，没了声息，随后两名警探走出了那片掩体，他们成功了。可当他们向布朗先生伸出大拇指时，两发子弹从他们身后射出，两名警探应声倒地。他们还有一个人！布朗先生迅速冲了过去，他让一名警探赶快叫救护车，自己则独自追捕漏网的劫匪。

布朗先生顺着血迹，追到了西瓦克医生的诊所，他看到西瓦克医生正在洗手，还有一名男子穿着白衬衫，绑着绷带坐在里面。

西瓦克医生说："我从这人后背上取出了一颗0.44英寸口径的子弹，然后给他清洗伤口，并用绷带将伤口绑上，还借给他

一件衣服，其他的并不知道。"

"我听到枪声时正穿过南大街，我看见一个男人藏在角落里，开枪打中两名警察，逃跑了。于是，我追了过去，可我也受了伤。"那个绑着绷带的男子对布朗先生说。

"就是他！"这时，跟进来的另一名警探克劳德用枪指着这名男子说："你背上的枪伤说明你是逃跑的人，而不是追捕的人。子弹总不会从你后面飞过来吧？"

布朗先生立刻举起枪，却对准了克劳德，"原来，你就是那个漏网的劫匪，是你开枪射杀的汤姆和杰克！放下枪，举起手来！"

布朗先生为什么说克劳德是劫匪呢？

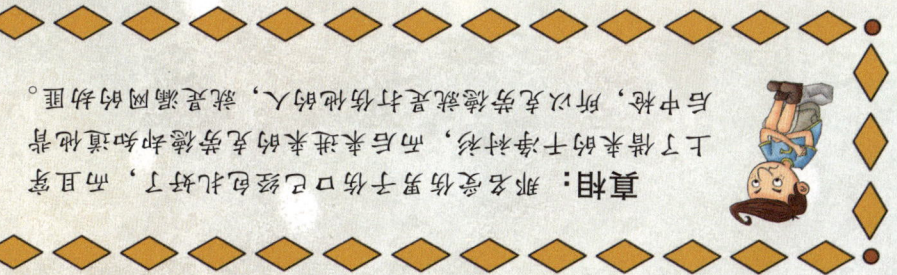

真相：那名匪徒虽然被子弹打中口袋里的钱夹了，但并没有上膛的声音继续逃跑，所以克劳德身上的枪伤是他自己中枪的，所以克劳德才是漏网的匪徒。

19. 巴克尔的诡计

星期六上午,布朗先生带着艾文来到学校不远处的一栋公寓,他们打算拜访艾文的数学老师索菲亚。当他们到达时,却发现索菲亚的房间里开着灯,敲门也听不到回应,他们感觉事情有点不妙,急忙找来公寓的管理员,用备用的钥匙打开了房门。

进门之后,他们发现索菲亚被浸在浴盆里,已经死亡了。布朗先生推断,她的死亡时间大约在昨天夜里8点到11点之间。经过公寓管理员查看访客记录,昨天夜里9点左右,索菲亚已经分居的丈夫巴尔克先生曾经来访,而且有住在同一楼层的人曾看到他偷偷摸摸地从案发现场的房间里出来。所以,他的嫌疑最大。

布朗先生调查巴尔克先生之后,得知他现在和情人住在河岸街的一个小旅馆里。

布朗先生带着艾文来到这家小旅馆,开门见山问道:"巴尔克先生,是你杀害了你的夫人吧?"

可巴尔克先生却说:"这位先生,你这是说的什么话,我虽

然讨厌索菲亚，但还不至于杀了她啊？再说，我昨天还见着她了呢。昨天晚上我十半点回到这里，11点时想给索菲亚打电话，可是对方正在通话，服务员可以作证。这说明索菲亚那时还活着。"

经过证实，服务员记下的电话号码，确实是被害者的。

"和巴尔克先生住在一起的女人，当时在什么地方？"布朗先生有些不放心，又询问了服务员。

服务员说："你说的是那个女人吗，我看见她11点左右在旅馆前的公用电话附近。"

布朗先生马上识破了巴尔克的诡计，"巴尔克先生，你可真是用心良苦啊。不过，我已经确定，凶手就是你，不要抵赖了！"

艾文有些不明白，巴尔克先生怎么忽然变成凶手了，不过，当他看到一样东西时，顿时恍然大悟，原来如此！

你可以推断出来巴尔克的犯罪经过吗？

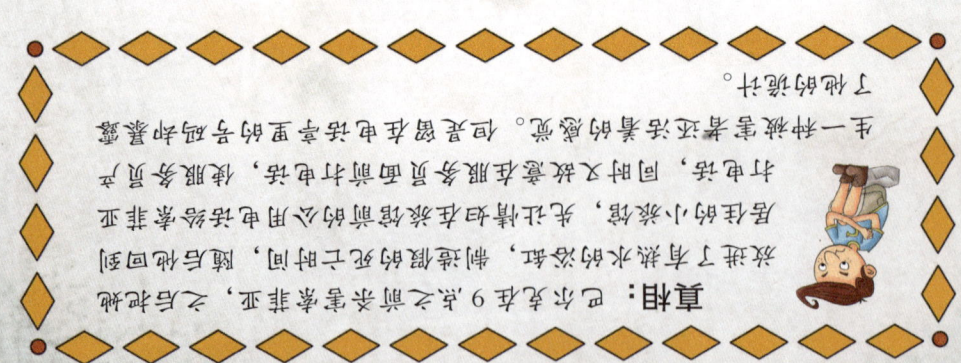

真相：巴尔克在9点左右杀死索菲亚，之后扮成她，然后下午派水的送到了他的房间，随后他回到自己的小旅馆，又让情妇在约定的时间用公用电话打电话给他，回旅社时故意装出匆忙的样子，使服务员留下一种他的事没过多久的错觉，从而营造出自己不在场的证据。

20. 巨额的保险金

汉密顿是一名退伍军人,参加过战争,并在战场上失去了右腿,留下一身伤病。退伍后,他的日子并不好过,今天他被人发现吊死在寓所里。死亡时间大约是昨天下午6点,尸体距离地板大约80厘米。负责此案的警探初步断定是他杀,如果是自杀的话,脚下应该会有板凳等物品垫脚,可是室内却并没有发现这些东西。

但是,汉密顿在一个月前突然投了高额的人寿保险,受益人是他的独生女儿。从现场看,门窗都是从里面反锁的,很难想象有人在这种情况下杀害他。因此,保险公司怀疑汉密顿是在诈取保险金。

布朗先生受到保险公司的委托,带着艾文来到现场调查。汉密顿寓所里的摆设很简单,基本上没有什么家具。

布朗先生仔细勘察了现场,发现汉密顿先生尸体下的那片地板有明显被水泡过的痕迹。

"不对啊。"艾文看着布朗先生,说道:"这个人是自杀的,

不是他杀！"随后，艾文指出了证据，得意洋洋地看着布朗先生，期待着他的表扬。但是这次布朗先生并没有夸奖他，只是肯定了他的证据，承认汉密顿的确是自杀，然后摇摇头离开了。

那么，艾文的证据是什么？他怎样判断汉密顿是自杀的？

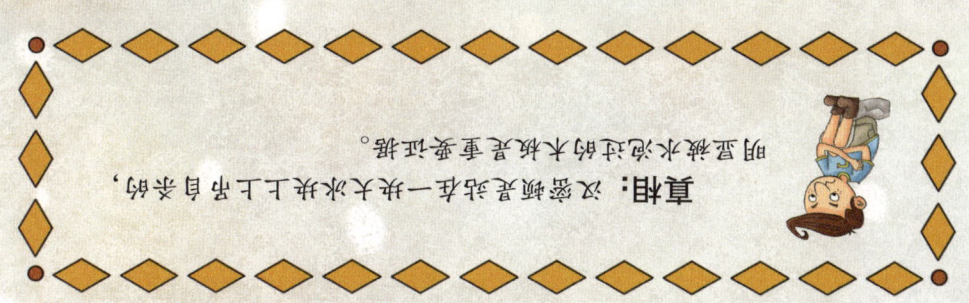

真相：汉密顿是死在一张大水床上的，假如是他杀的，那凶手不会放过水床这个重要证据。

21. 两个小流氓

布朗先生接到电话,是第三公寓的迪莉娅太太打来的,说住在她隔壁的两个小流氓打了起来,像是要闹出人命了。当即,布朗先生带着艾文赶到第三公寓,可他们见到迪莉娅太太后,并没有听到隔壁有打架的声音。

"刚才里面还在喊叫,可在你们来之前突然停了下来。"胖胖的迪莉娅太太叹了一口气,有些厌恶地说:"朱利安和兰伯特是两个令人讨厌的小流氓,整天无所事事,经常喝酒赌钱。哎,跟他们做邻居真倒霉。"

"迪莉娅太太,刚才您听到了什么吗?"布朗先生表达了对她的同情,然后问道。

"听得出来,他们打得很激烈,但是给您打过电话后,我也没有太在意……哦,最后是一声吓人的惨叫……"

迪莉娅太太话音刚落,布朗先生便一下撞开了朱利安的房门。破门而入后,他发现其中一个流氓已经被打得头破血流,停

止了呼吸。死者是朱利安，死于钝器重击。布朗先生带着艾文仔细地检查了这间简陋的公寓，但并没有找到凶器。

"你是怎样杀死他的？"布朗先生第二次问兰伯特。

兰伯特坐在地上，瞥了他一眼，说："你怎么就确定是我杀了他，证据呢？没有证据不要胡说。这见鬼的房间连件像样的家具都没有，我到哪里找凶器杀死朱利安？"

艾文动了动鼻子，他环视了这个简陋的房间，发现门后有一只空的菠萝罐头。他突然说道："不要狡辩了，我已经明白你是怎样杀死朱利安的了！"

凶器究竟是什么呢？

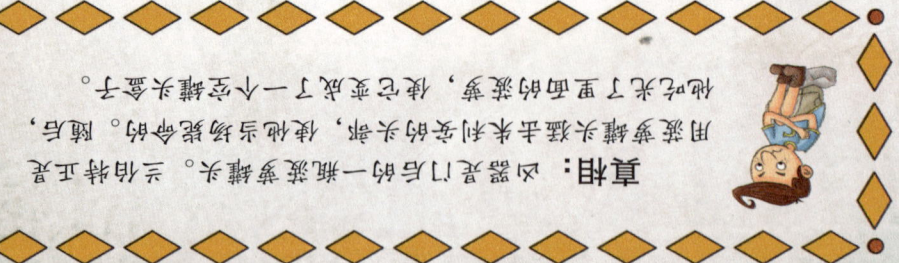

答相：凶器是门后的一只菠萝罐头。兰伯特正是用菠萝罐头敲击朱利安的头部，使他当场死亡。随后，他吃光了里面的菠萝，使它变成了一个空罐头藏匿。

22. 猎户座

星期六，布朗先生带着艾文到公园野营。支好帐篷之后，布朗先生煮咖啡，艾文则悠闲地躺在草地上看星星。

布朗先生端着一杯咖啡坐了下来，指着星空中的猎户座对艾文说："这个是猎户座，那三颗连在一起的很亮的星星，就是猎户的'腰带'。"

忽然，一个年轻人气喘吁吁地跑过来告诉他们，画家巴罗被人杀害了。布朗先生问他怎么回事，他带着些后怕说：

"我叫康纳尔，是画家巴罗的助手。今天下午，先生带我来公园里写生，临走时他突然决定画一幅关于猎户座的作品，因为今天晚上的天空难得的这么晴朗，所以我们便留下来宿营。一个小时前，巴罗先生的《猎户座》终于完成了，他很兴奋，因为这是他到现在为止最满意的作品，我准备了咖啡庆祝。可这时，突然从假山后面钻出两个大汉把我们绑了起来，抢走了那幅刚完成的画。巴罗先生非常生气地叫骂，然后我就被打晕了。等我醒来

的时候，发现绳子已经解开了，巴罗先生却被残忍地杀害了……"

布朗先生听完后，拍拍康纳尔的肩膀说："不用害怕，走，一起去看看。"

他们一起来到案发的宿营地。巴罗先生的尸体躺在的火堆旁边，火堆上还架着咖啡壶。两条绳子散乱地扔在地上，场面一片狼藉。明显可以看出来，死者是被石头重击后脑而死亡的，那块沾满血的石头就在不远处。

艾文好像看出了什么，他对正在检查帐篷的布朗先生说了几句话。布朗先生站起身，默默地沉思了一会儿，突然掏出了手枪对准康纳尔说："别演戏了，老实交代吧！"

聪明的你觉得康纳尔是在演戏吗？

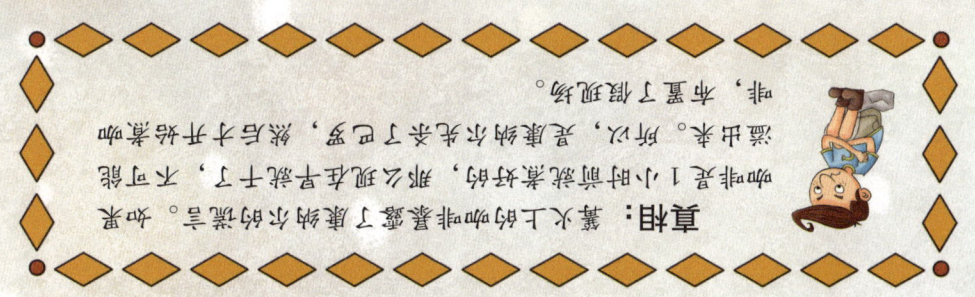

真相：篝火上的咖啡壶蒸腾了咖啡浓郁的香气，如果咖啡是1小时前就煮好的，那么浓郁的香气早就散去了，不可能这样浓。所以，是康纳尔杀害了巴罗，就在不久前煮着咖啡，并伪装了谋杀现场。

23. 酒吧里的谋杀

   盖尔酒吧是一家极具苏格兰风情的小酒吧，它通常营业到夜里很晚，可今天晚上却发生了意外事件，导致店长不得不提前打烊。

   当时，三个男人坐在酒吧的小角落里，他们很早就来了，聊得很开心。不料，突然停电了，酒吧里一片漆黑，店长立即让服务生取来蜡烛。不一会儿，这三个客人在微弱的烛光下继续喝着威士忌。但是意外发生了，其中一名男子突然捂着肚子痛苦地呻吟起来，接着口鼻流血，窒息死亡了。

   接到店长报案的布朗先生，立即带人赶到了案发现场。经法医鉴定，死者死于一种液态剧毒物，这种可怕的毒药不要说喝，哪怕是嘴唇碰一下也会导致死亡，同时在死者的杯子里也发现了这种毒物。

   布朗先生一边查看现场，一边问店长："停电是偶然发生的吧？"店长有些惊慌地说："不是的，三天前我们就已经接到通知了，而且今天我们也特意通知了每位客人。"

很明显，这是桩预谋已久的谋杀案谋杀。凶手只要在停电的瞬间，迅速将毒物放入被害者的杯中，就可以完成。所以布朗先生断定凶手就是死者的两个同伴，因为只有他们才有作案的机会和时间。于是，他检查了两人所带的物品。

穿着休闲服的费奇一边气愤地咒骂布朗先生，一边把自己所有的东西都摔到地上；另一个穿着西服的贾尔没有说什么，默默地把自己的东西放在桌上，包括西装衣袋上的一支钢笔。

布朗先生思索着案情，现在最关键的就是找到那个装有毒药的器具。从停电到拿来蜡烛只有短短的一分钟，这段时间里两人一步都没有离开过座位，因此也排除了扔到外面的可能。突然，布朗先生眼睛一亮，心里什么都明白了。

那么。你知道谁是凶手吗？凶手又是怎样投毒的呢？

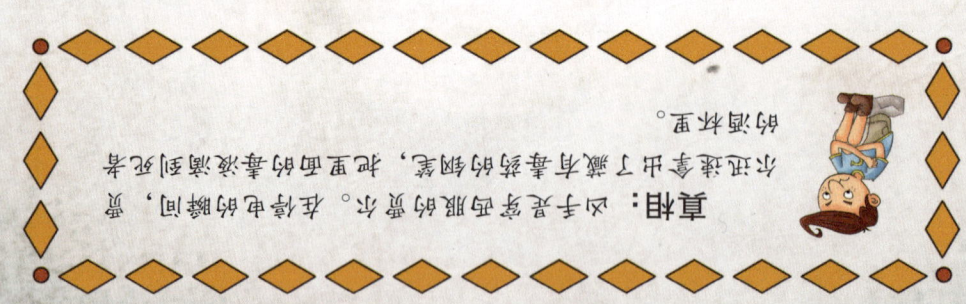

真相： 凶手是着西服的贾尔。在停电的瞬间，贾尔迅速拿出了藏在笔杆的毒药，将毒药放进杯子里的酒中。

24. 化妆舞会

布朗先生收到邀请去参加一个化妆舞会,邀请人是乔治先生,他特意为疼爱的孙女举办了这场舞会。乔治先生已经80多岁了,是一位著名的邮票收藏家。现在他正在书房里鉴别一张朋友的邮票,朋友们都在客厅里跳舞,聊天。

布朗先生没有戴假面,也不太喜欢这种氛围,他坐在客厅边的椅子上喝着香槟,忽然一个侍者找到了他,跟他说了几句话。随后,布朗先生跟着侍者来到了后面的房间,老管家已经在这里等着了。

"墨菲先生,发生了什么事情?"布朗先生见到管家墨菲,便问道。

"布朗先生,请跟我来。"墨菲没有回答他的问题,反而带他向书房走去。

布朗先生一头雾水地跟着墨菲来到二楼的书房,却发现乔治先生趴在书桌上,像是睡着了。墨菲关上门,带着他来到桌子前面。布朗先生这才发现,乔治先生已经死了,死因是颅骨受到致命打击。

"布朗先生,冒昧了,我是怕凶手察觉到,不得已才用这种办法请你过来。"墨菲悲伤地说。

"墨菲先生,这是怎么回事?"布朗先生检查了尸体,判断

死亡时间在十分钟以前。

管家先生低声说:"五分钟前,我到书房给乔治先生送红茶,发现他被杀害了,那张珍贵的邮票也不见了。但是我进来的时候,听到楼梯上有人经过的声音,我怀疑凶手就是客厅里的某一个客人。"

布朗先生仔细检查了书房的每一个角落,还是没有发现杀人的凶器。但是,他不经意间走到死者旁边,像是突然想到了什么。他快步走出书房来到楼梯旁,俯视下面的客厅。他逐一审视着那些奇装异服的狂欢者,最后他的目光锁定了其中的一个人。

"那个海盗先生就是凶手,我要求逮捕他。"布朗先生对墨菲说。

你知道为什么吗？

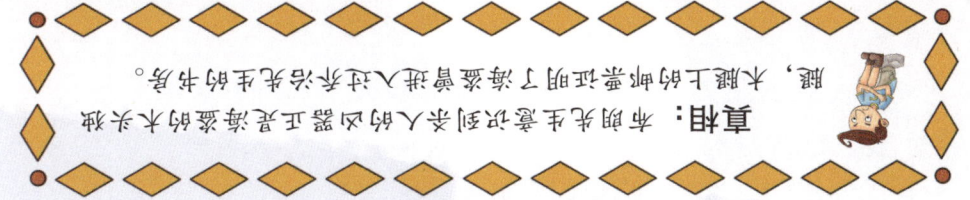

真相： 布朗先生意识到杀人的凶器正是海盗的木头独腿，木腿上的邮票证明了海盗曾进入过乔治先生的书房。

25. 伪装的意外事故

克里夫是一个无业游民，整天游手好闲，他还有着特别的爱好——赌博。前两天他刚从高利贷者丹尼尔那里借了一大笔钱，可是上午在赌场里他又欠了一屁股债。晚上就是约定还钱的最后期限了，克里夫害怕极了。因为丹尼尔是一个可怕的人，从来没有人敢借了他的钱不还的。克里夫呆在家里琢磨了一下午，终于想出了一个自认为最好的办法可以躲过这笔债。

晚上，克里夫准备了一桌饭菜，把预先准备好的安眠药放在酒里。果然，嗜酒的丹尼尔看到那杯酒，一口喝干了它，随后才跟他要钱，克里夫陪着笑，耐心地等待着药效发作。不一会儿，丹尼尔就撑不住了。克里夫看到丹尼尔睡倒，长舒了一口气。他迅速行动起来，先用绳子把丹尼尔捆了起来，然后把他的头按进事先准备好的一桶海水里。过了几分钟，等到丹尼尔窒息死亡，他迅速把尸体拖到床下面，然后到另外一个朋友家聊天去了。

两个小时后，克里夫回到家里，将丹尼尔的尸体装车运到海边，解开了他的腰带，推进海里。

"正好今天晚上没有月亮，一定不会有人发现的。"克里夫得意洋洋地看着自己的夜光手表想道，这时刚好零点一刻。第二天一早，当尸体浮出海面被人发现后，接到电话的布朗先生迅速带艾文赶到现场。

法医鉴定死亡时间是昨晚9点左右，死者肺部积有海水，死于窒息。从现场情形来看死者是因醉酒后在海边小便，不小心掉

进海中淹死的。

"不，这不是一场意外事故，是谋杀！"布朗先生肯定地说。

你知道布朗先生从哪里看出来这是一起谋杀案的吗？

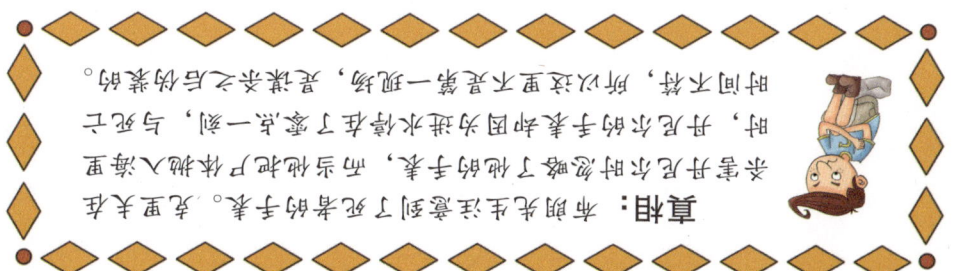

答相：布朗先生发现死者戴了死者的手表。有两天是死者并不是死者戴了他的手表，当死者被扔下海被海水冲进海里时，手表的表带和他的手表一起死亡，所以这里不是自杀，是谋杀先生发现的。

26. 旅馆小事

布朗先生带着艾文来到伦敦西面的一个小镇旅行,他们居住在小镇上唯一的旅馆里。整个下午,他们都按照计划在小镇东面的小河旁钓鱼。

傍晚,他们回旅馆用餐,上楼时,却看到了让人啼笑皆非的事情,肥胖的老板娘乔安娜正在口水横飞地数落旅馆老板巴泽尔,巴泽尔瘦弱的身子缩在柜台后面,一脸委屈。

"你真是不精明,跟你说过几遍了,收钱时一定要仔细看清楚,你怎么那么笨呢?"乔安娜对着巴泽尔大声叫道。

"都怪那该死的假币贩子,假币做得比真的还真……"巴泽尔小声反驳道。

乔安娜摆摆手,不耐烦地说:"少说这些没用的,你还记得谁给你的这100镑?有一点印象也好?"

"我没有留心。"巴泽尔更显得心虚了,他皱着眉头努力地回忆着,随即用不容置疑的口气说:"今天下午一共有三名旅客付过钱,现在他们还都在旅馆里!"

乔安娜眼睛一亮,说:"还都在旅馆里?记清楚了?"

"绝不会错!今天下午,我一共收到630英镑,纳斯先生给了100英镑,马克斯先生给了200英镑,特纳先生给了300英镑,其他的都是卖晚报、明信片等的收益。"巴泽尔越说眼睛越亮。

乔安娜一把抓过那张假币，转身就要上楼，"哼，我找他们去！"

艾文在一旁听着，若有所思。他趴到柜台上小声地说："巴泽尔先生，我知道是谁给了你那张假币哦。"

你知道给巴泽尔先生假币的是谁吗？为什么？

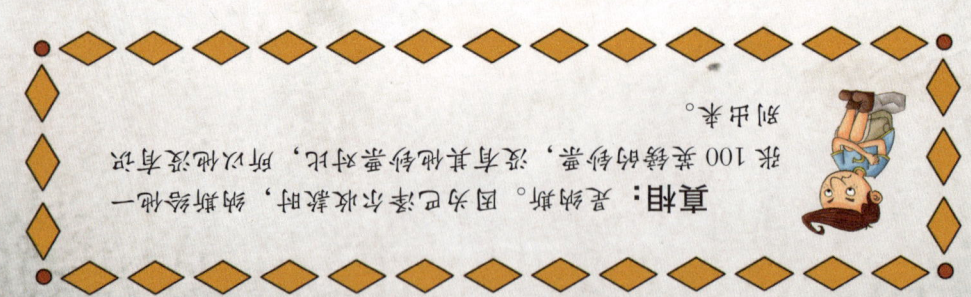

真相：是乔安娜。因为巴泽尔先生说，给他的是那一张100英镑的假币，没有其他的面值什么，所以他没有找出来。

27. 隐藏的秘密

一天早晨,警局接到报案,漂亮的歌手希蒙娜死在自己的寓所里,报案的是她的经纪人布鲁克。杰克探员迅速赶到现场,公寓的管理员和布鲁克已经等在那里了。

希蒙娜的经纪人布鲁克说:"今天早上,我像往常一样来到这里,见她的房门没有上锁,便进了房间,不过没有看到她。但是,卫生间的门是从里面反锁的,门缝下流出的血液都已经凝固了,我马上喊来了公寓的管理员。"

公寓管理员鲍克斯接着说道:"我们一起撞开了卫生间的门,看见希蒙娜穿着睡衣倒在地上,被匕首刺中了背部,随后,我们就报了警。"

杰克探员边检查洗手间,边对两人说:"从现场来看,希蒙娜像是在卧室里遭到刺杀后逃进卫生间的,然后反锁上门,防止凶手追击,但是很不幸,她受伤太重,终究没能躲过这一劫。"

布鲁克说:"如果是这样的话,希蒙娜一定会留下一些线索的。"

杰克探员说:"是的,既然有独处的时间,受害者一定会给我们留下些什么,现在的关键点就在于,这个线索是什么?藏在哪儿?"

杰克探员仔细地勘察了卫生间的每一个角落，还有客厅、卧室，甚至连厨房他都里里外外检查了一遍，但遗憾的是他并没发现什么有价值的线索。案件陷入了僵局，杰克探员需要冷静一下，他走出了公寓，刚好看到布朗先生。

"如果是这样的话，案发现场一定会留下线索的！走吧，我们一起去看看。"布朗先生了解案情后对杰克探员说。

布朗先生来到案发现场，他与杰克探员一样仔细地勘查了整个房间的每一个角落，同样没有发现任何蛛丝马迹，但他总觉着遗漏了什么。他的目光不经意地扫视着整个房间，忽然，他向一样东西走去，"哈哈，找到了，找到线索了。"果然他在那上面找到了凶犯的名字。

你知道线索是什么吗？

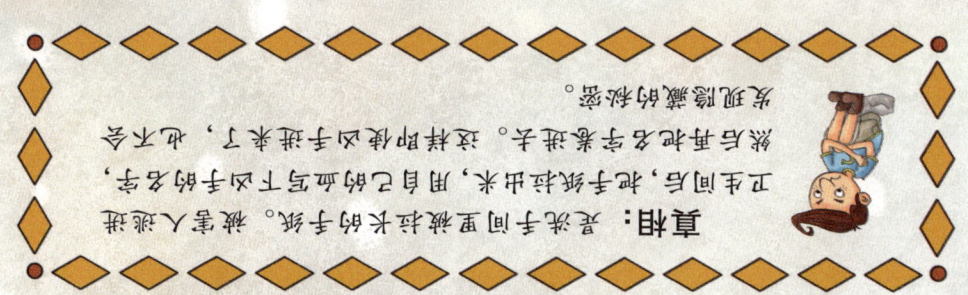

答相：是装在卫生间里面长长的手纸，凶手人浴时上完厕所，把手纸拉出来，用自己的血在下风手的名字，然后把它卷起来藏好，这样即便风手撤走了，也不会发现隐藏的玄机。

28. 争夺圣母像

星期五下午,布朗先生正在家中休息,突然接到好朋友雷利的电话,说是有事情需要他帮忙。布朗先生记下地址,便带着放学回来的艾文坐上老爷车出发了。

半小时后,他们来到大富豪柯蒂士的别墅,管家已经在门前等着了。布朗先生和艾文在管家的带领下,穿过一条长长的紫荆花过道来到客厅,客厅里已经有几个人等着了。

"老朋友,你终于来了,我们实在没有办法,只好请你帮忙了。"雷利一看到布朗先生来了,高兴地迎了出来,"柯蒂士先生,这位就是大名鼎鼎的布朗先生。"

"你好,布朗先生,很不好意思,为了一点小事麻烦到你。"雷利介绍着一个矮矮胖胖的中年男子,他友好地与布朗先生握了握手。

"哦,这位就是'聪敏小侦探'艾文吧,很高兴见到你。"

"很高兴见到你,柯蒂士叔叔。"艾文很开心地喊道。

"哼,先别客套,什么布朗先生,我没听说过……"一个光头的人轻蔑地说。

雷利看了看这个年轻人,介绍道:"噢,老朋友,这位是柯蒂士先生的弟弟——强尼,今天是来……"

"还是我来说吧!布朗先生,他来是为了取走一件东西的。

当然，如果他想要钱或者其他的东西，我肯定会给他的，但是他要的却是那幅圣母画像！"柯蒂士先生制止了雷利先生，说道："强尼，图我是不会给你的，如果给你的话，你可能转手就卖掉，然后就拿去赌钱了，那可是妈妈生前最喜欢的一幅画。"

强尼又冷哼一声，说："我不要钱，什么都不要，我只要那幅画，我这里有证据——妈妈10年前写下的字据。喏，让你们看看，上面清清楚楚地写着圣母画像归我。"

布朗先生接过那张里里外外全已发黄的纸，仔细观察。

"我们都已经看过了，柯蒂士先生认为笔迹没有错误，上面也的确写着圣母画像归强尼所有。但以强尼的性格不会这晚么才拿出来，所以我们怀疑这张字据是伪造的。"雷利小声地告诉布朗先生。

布朗先生沿着折痕把信件翻转了一圈，说："你不要再装了，这张纸是假造的。"

强尼目瞪口呆，不知道是哪里露出了破绽，这封信伪造得很逼真啊！

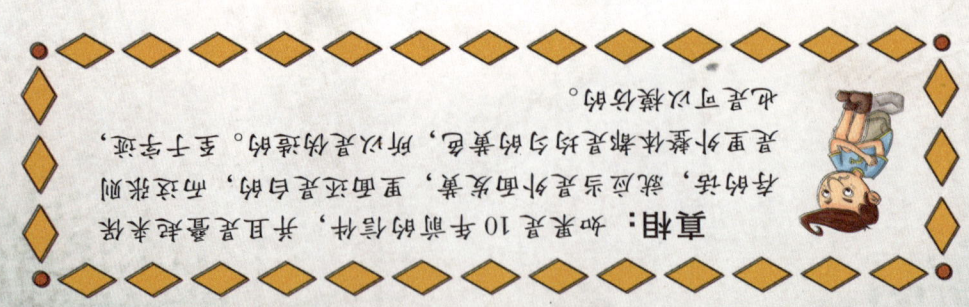

草根：如果是10年前的信件，并且是经常拿出来看的话，那应该是外面发黄，里面没有那么发黄的，所以是伪造的痕迹，年头少就，也是可以辨伪的。

29．太平洋上的美军医院

星期六上午，艾文兴高采烈地来到克莱尔家。这时，她正在为一个推理故事而烦恼，看到艾文来了，没等说话，克莱尔就拉着他坐下来，给他看了这个故事：

第二次世界大战期间，美军和日军双方在太平洋海域展开殊死搏斗，美军飞行员凯恩被派往敌占区的一个小岛上空收集情报。

不幸的是，凯恩遇到敌机的围剿，飞机的侧翼被击中。慌不择路之下，他迷失了方向。飞机可能下一刻就会爆炸，凯恩在飞过一座小岛上空的时候，慌忙使用降落伞仓促着陆。虽然逃过一死，但他在落地时，因受到冲击而昏迷了过去。

等醒来的时候，他发现自己躺在一家医院里。而且，是一间特殊的病房，病房里挂着一面美国的国旗。这里的医生、护士都说着一口流利的美式英语。

凯恩有些拿不定主意，虽然当时情况紧急，让他迷失了方向，但由于追兵狡猾，他记得自己好像降落到敌占区。自己是被俘虏

了，还是被营救了？这间美军病房是真的，还是伪装呢？凯恩必须做出判断，否则情报可能会泄露给敌军！

"你说凯恩是被俘虏了，还是被营救了呢？"克莱尔见艾文读完了故事，便迫不及待地问。

"这么简单的问题，怎么可能难得住我！他当然是被俘虏了，特殊的病房是敌人迷惑他的，应该是想从他那里得到美军的情报。"艾文自信地说。

"你是从哪里看出来的呢？"

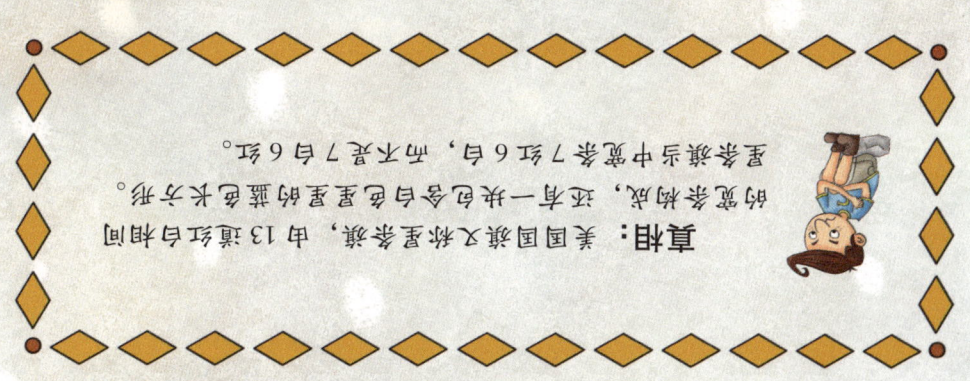

真相：美国国旗又称星条旗，由13道红白相间的宽条组成，这有一共有的白色条是6道，红色条是7道。图案谜语中是有7红6白，而不是7白6红。

30. 精心策划的阴谋

卡蜜拉是一个年轻漂亮的姑娘，她和恋人吉罗德是人们都羡慕的一对情侣。可是有一天他们突然分手了，吉罗德离开了伦敦，而卡蜜拉则嫁给了60岁的霍根勋爵。

一转眼半年过去了，卡蜜拉渐渐地淡出了人们的视线。可是今天，布朗先生突然接到一个电话，卡蜜拉打来的电话，她的丈夫霍根勋爵突然无缘无故地死去了。

卡蜜拉说，他们午饭后和平常一样吃了水果，卡蜜拉亲自切开一个苹果，和霍根勋爵一人一半。可是谁知道丈夫才吃了几口就突然死去了。经过化验，法医在霍根勋爵的胃中的苹果残渣中，发现了毒物反应。

随着进一步的调查，布朗先生发现，这可能是一个旨在窃取霍根财产的阴谋。霍根勋爵没有子嗣，身为妻子的卡蜜拉将会继承他的全部遗产。调查过程中，布朗先生在霍根勋爵的庄园里发现了一个可疑的园丁。经过查证，这个人竟然是卡蜜拉的男朋

友——那个本来已经离开伦敦的吉罗德！

"我是离开了，但是我太想念卡蜜拉。于是，我化妆成园丁潜进勋爵的庄园，但是我们并没有杀害他！"暴露身份的吉罗德伤心地说。

布朗先生可以肯定他在撒谎，可他没有证据证明是他们合谋杀害了霍根勋爵，而且站在旁边的女仆是亲眼看到卡蜜拉和勋爵同时吃的一个苹果，为什么卡蜜拉没有中毒呢？只要解开这个谜题，这起案件就迎刃而解了。

你知道为什么卡蜜拉吃了同一个苹果却没有中毒吗？

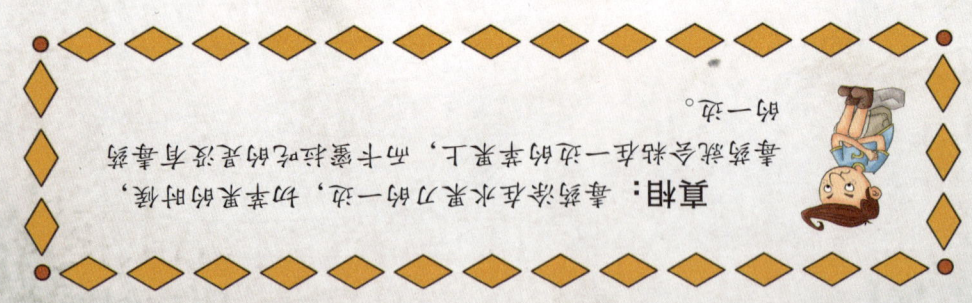

真相：毒药涂在水果刀的一边，却是苹果的一边。毒药被沾在一边的蜜拉吃的那边是没有毒的。

31. 河边的公寓

这天晚上，布朗先生与杰克探员在河边散步，天上没有一丝星光，布朗先生拿出烟斗道："这样的天气，可是很容易出问题啊！"这时，他们正走近一座桥，突然一声惨叫传了过来。

布朗先生急忙向惨叫声发出的方向跑去，只模糊地看到一个带着头套的人，纵身一跃，一头潜进水里逃跑了。桥上躺着一个年轻人，胸口插着一把匕首，已经奄奄一息了。杰克探员赶紧叫道："喂，醒一醒，这是谁干的？"

"滨河公寓……20……20……"年轻人说到这里就断气了。

他们连忙赶到滨河公寓，发现这个公寓里住在20X的男人一共有两个，一个是厨师波顿，一个是推销员大卫。

波顿是一个秃顶的中年人，他睡眼朦胧地从房门里探出一颗大脑袋，看到有一名警探，有些惊讶地说："发生什么事了吗？"

布朗先生摇摇头，带着杰克探员来到隔壁，波顿先生帮忙敲

开了房门。大卫刚从被窝里出来，头发睡得乱蓬蓬的。他把三人让进了房间里，问道："波顿先生，有什么事吗？"

杰克探员看到床下的那盆衣服，厉声喝道："喂，大卫，是你杀了那个人，然后跳河逃走的吧？！"

大卫瞪着眼睛，吃惊地说："杀人，警探先生，你说的什么啊，今天晚上我很早就睡了，都没有出门怎么可能杀人？"

"不要抵赖了，那盆衣服就是证据，是你跳河时弄湿的！"

这时，在一旁观察的布朗先生拦住了杰克探员，说："真正的凶手不是他，是这个波顿先生！"

这到底是为什么呢？

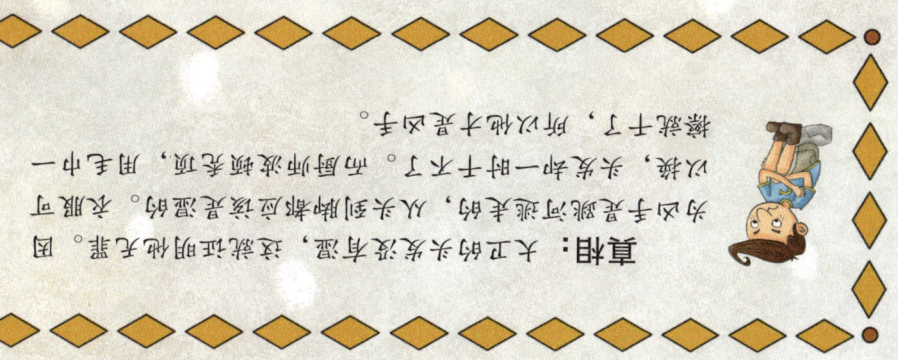

答相： 大卫的头发没有湿，这就证明他无辜。因为凶手是跳河逃走的，从河里爬出来后浑身都是湿的，不可能只把衣服弄湿一样，头发却一样干干的。所以他不是凶手。

32. 奇怪的劫匪

傍晚，布朗先生在收看一档纪实电视节目，这期播出的是近来比较热门的话题——残疾人。

忽然电话响了起来，附近的莫妮卡珠宝商店遭遇抢劫！布朗先生放下电话，立即冲了出去。

他很快就发现了劫匪的踪迹，并追了上去。突然，劫匪钻进了一个漆黑的巷子里。他大喊道："停下！否则我开枪了！"那劫匪仿佛没有听到一样，继续狂奔。布朗先生拔出左轮手枪，对准他的右足踝开了一枪。可谁知道，那个劫匪稍微停了一下，又飞快地逃跑了。布朗先生被惊呆了，怎么可能没打中？在他一愣神的工夫，劫匪就跑出了小巷子。他检查了被枪击的地方，没有发现弹头，所以肯定打中了，却没有血迹。

布朗先生赶快追了出去，可是那名劫匪已经消失了。他四处望了望，推测劫匪可能躲藏在前面的那个健身房里。他走了进去，里面没有几个人，除了几名女士外，还有三名很可疑的男士。

布朗先生仔细地观察了这三名男士，其中两个穿着短裤，而另一个穿着长裤。布朗先生很快就确定了劫匪就是三人其中的一个。

那么，劫匪是谁呢？

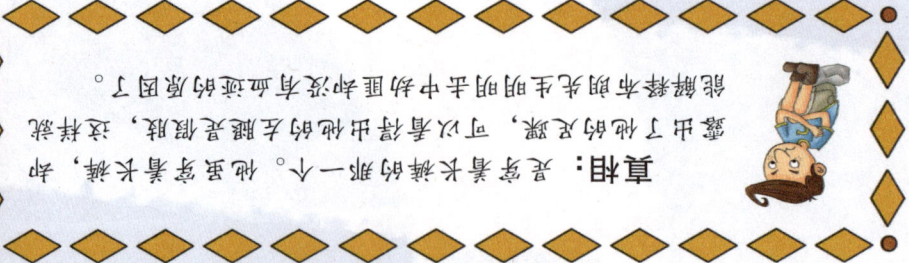

答："劫匪是穿长裤的那一个。他说看见长裤，却掀起来自己的长裤，可以看出他说的是假话，这样就能推断出他就是劫匪中没有逃跑的因犯了。

33. 名画失窃案

夏天的一个早晨，布朗先生接到伦敦博物馆的电话，昨天夜里，在博物馆作巡回展出的一幅荷兰名画被人盗走了。

布朗先生原本答应艾文，今天上午带他来参观博物馆的，看来这次要提前了。很快，他便带着艾文来到了现场。到了油画展厅，他们发现被盗的是一幅面积2平方米的油画，可能盗贼是为了方便携带，画框被留在了这里。

观察了一会儿，艾文自信地说："昨天展厅还没有对外开放，所以盗贼很可能是展馆的内部人员。"布朗先生也是这样认为的。经过调查，他确定了三名嫌疑人——负责此项展览项目的弗兰克、博物馆的管理员罗烈、负责接待的查理。布朗先生正在一一询问他们：

"我并不是最后离开的，昨天是我女朋友的生日，我和罗烈打过招呼后便提前离开了，之后我就去参加生日聚会了，很多人都可以证明的，离开之后我没有回来过，直到今天早上发现油画被盗。"弗兰克这样说。

罗烈是一个白净的年轻人，他推了推眼镜，说道："昨天下班已经很晚了，我离开后，到一家小酒吧喝了一杯威士忌，然后就回家休息了。我也是早上来到，才知道那幅名画被盗了，哎，真可惜，我很欣赏它的。"

　　"昨天下班时，我喝了一杯红茶就离开了，今天早上来到，才听罗烈说油画被盗了。"查理看了看布朗先生面前的红茶，说："布朗先生，红茶加了蜂蜜才好喝，我一直都这样做的。"

　　布朗先生做好了笔录，喊回了弗兰克和罗烈。他站起来，又一次仔细看了看那个光秃秃的画框，这时，一个讨厌的苍蝇翁翁地飞来。布朗先生恍然大悟，说："我已经确定画是谁偷的了。盗贼先生，是让我说出来，还是你自己承认呢？"

　　艾文也喊道："我也知道谁是盗贼先生哦！"

　　那么，盗贼先生是哪一个呢？

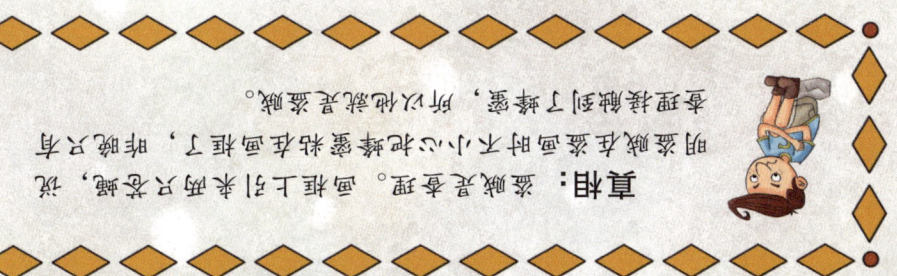

真相：苍蝇是查理，因为上好的蜂蜜非常粘稠，说明这杯茶中小心地被装成画框了，但晚只有查理接触到了蜂蜜，所以他就是盗贼。

34. 小商店里的凶杀案

在一个深冬的傍晚，布朗先生刚洗漱完毕，准备睡觉的时候，突然接到一名男子的电话。电话那端说道："您好，是布朗先生吗？刚才我发现'蓝宇小商店'的女主人死了，希望你能尽快赶往现场调查。"

接完电话，布朗先生拿起外衣就向案发现场赶去。到了案发现场后，布朗先生向那个报案的男子询问道："你能说说你发现尸体的具体经过吗？"

这个报案人名叫基德斯，虽然已有二十多岁，可看上去低矮瘦小，如果不看正脸，你会觉得他像孩子一样。基德斯回答道："布朗先生，刚才下班后，我从这个小商店路过，想进去买一包烟，当我推开门进去的时候，发现店里的女主人已经死了。"

布朗先生向尸体旁又走近了几步，并弯下身体仔细地检查了一下尸体。他推定这名女子的死亡时间不超过20分钟，也就是说，女子才刚刚死去就被基德斯发现了。这难免会有些让人怀疑，是不是基德斯杀害了女主人。可是他为什么给我打电话呢？是故意掩饰自己的罪行吗？布朗先生闭目思考了一会儿，然后又向门外白茫茫的雪地望去。今天，从天蒙蒙亮时就开始下雪，直到下午

4点才停止，雪足足积了30厘米厚。这家小商店就像是被雪包围住的密室一样，商店周围除了基德斯来买东西时留下的脚印和刚才布朗先生来留下的脚印外，就没有其他的任何痕迹了。

布朗先生望着门外白茫茫地大雪，好似是在欣赏雪景。过了一会儿，他看到基德斯正在抽烟，于是说："你还有几根烟啊？能给我一根吗？"

基德斯回答道："当然可以。还有八九根呢？我也抽不完，我一天只抽两三根。"

布朗先生笑着说道："我也是，吸多了对身体不好。"布朗先生接过烟吸了几口，突然说道："别再给我说谎了，请把真实情况告诉我吧！"

聪明的小朋友，你知道这是怎么回事吗？

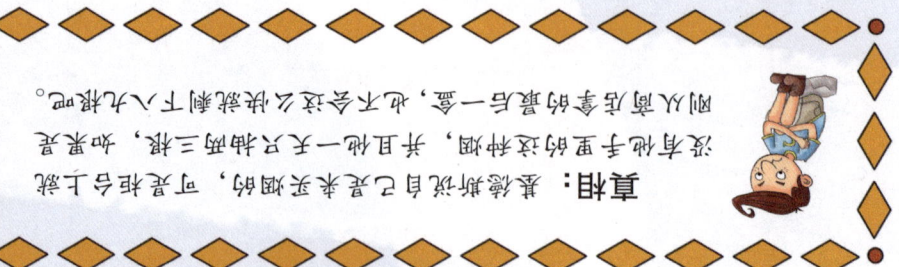

答相：基德斯说自己是老烟枪的，可是抱抱上的没有他手里的这根烟，并且抽一天只抽两三根，如果是那么他是拿的答中就会有一盒，而不会这么几根剩到了八九根呢。

35. 自作聪明的凶手

这天下午，布朗先生下班后，和往常一样开着车回家，可是在半路上却遇到了一个拦车的男子，这个人的名字叫斯特丹。斯特丹说道："先生，我有急事，请你捎我一段路吧，我要尽快赶到皮尔的家里，因为他说他马上要出国了，可是他还没有把工资付给我。"布朗先生问了皮尔家的住址，觉得顺路，便搭了他一程。

一路上，斯特丹一直在抱怨皮尔怎样刻薄，怎样没有人情味。布朗先生一边听着，一边有一搭没一搭地应付着。不一会儿，他们便来到了皮尔的家门前，奇怪的是：斯特丹竟然让布朗先生和他一起去皮尔家里。斯特丹说道："好人做到底，送佛送到西。你就给我做个说理的人吧，以免他动用暴力。"如果向其他人提出类似的请求，未必会有人答应，可是遇到布朗先生这样从来不怕事的人，结果就可能恰恰相反了。

布朗先生和斯特丹一起下了车，走到皮尔家的门前，敲了几下门，又喊了几声，可是毫无回应。布朗先生说道："会不会是他已经出国了啊？要不我们还是回去吧？"斯特丹说道："不会的，他肯定在里面，他是听出了我的声音，所以才不愿开门的。"斯特丹一边说着，一边撞开了门。

布朗先生虽然知道这样做不合法，但是直觉又告诉他，里面一定有秘密。于是，布朗先生就和斯特丹一起走进了院子。他们

没向里面走多远，便看到一名男子躺在地上。

斯特丹说道："他怎么就这样摔死了呢？看来我的工资是要不成了。"

布朗先生仔细地检查了一下尸体，又观察了周围的环境。突然说道："别再骗我了，你就是凶手。"接着便说出一番话来。

斯特丹原本还想狡辩，可是听了布朗先生的话后，就不得不老老实实地交代了事情的真相。原来，斯特丹是在皮尔的一家工厂里干活，和皮尔的关系也非常好，经常去他家吃饭、做客，但因他偷皮尔家里的银器，被人发现了，所以皮尔把他赶出了工厂。对此，斯特丹一直怀恨在心。

这天，斯特丹从皮尔家经过，由于大门敞开着，所以斯特丹看见皮尔正在给门窗刷油漆，就悄悄走进院子，从后面袭击了皮尔。杀害皮尔以后，他又怕警方怀疑到他的身上，所以就想找一个人来证明自己不在现场。于是，就找到了布朗先生。

你知道布朗先生说了什么话，让凶手斯特丹承认了自己杀人的事实了吗？

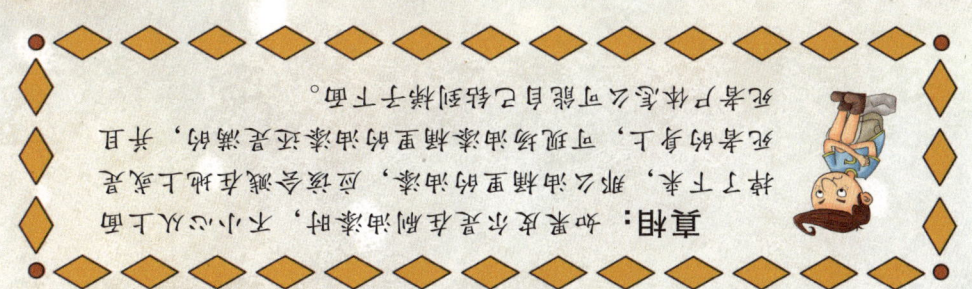

真相：如果皮尔是在刷油漆时，不小心从上面摔了下来，那么油漆的痕迹，应该会溅在他身上，是在他的身上，可是那场现场周围的油漆是新的，并且是新干透了，可见尸体是已经被放置了下来。

36. 被盗的埃及古币

　　布朗先生有一个喜欢古董的好朋友，名叫弗里德。弗里德的家中收藏了很多珍贵的古董，有壁画、陶瓷、古币等，其中最珍贵就是那枚埃及古币。弗里德曾多次邀请布朗先生到他家里欣赏那枚古币，想必他也经常向别人炫耀自己的埃及古币吧。由于布朗先生对埃及古币不是十分感兴趣，再加上布朗先生工作太忙，所以一直没能成行。这天是周末，布朗先生突然想到好久没有和好友联系了，于是便带着艾文去拜访弗里德。

　　当布朗先生带着艾文来到弗里德家的时候，看见有警察在进进出出，似乎是发生了什么意外。布朗先生加快了脚步，走到一名警员面前，向他打听情况。警员说道："有两个人在弗里德家的后院里打了起来，好像是为了一枚古币。"布朗先生听后，立即奔向弗里德家后院，艾文也紧跟其后。

　　不一会儿，布朗先生和艾文就赶到了弗里德家后院。他们看到有两个人站在被砸碎的玻璃窗户旁边，旁边还站着两名警察，正在询问着什么，他们听到其中的一个警察说道："说说你们的名字，和主人弗里德是什么关系。"

　　这时，其中一名男子说道："我叫比克，是弗里德的邻居，是我当场把这个人抓住的，我看他当时已经闯了进去，想偷那枚埃及古币。"

　　"他说谎，是我当场把他抓住的，"另一个人反驳说，"我是吉姆斯，也是弗里德的邻居。

警察说:"一个一个地说。比克先生,请您再把当时的情况说得具体一点。"

比克说:"弗里德走了一个月了,他把房间钥匙给了我,让我每隔几天来帮他浇一下花。今天下午我照常来浇花,在开弗里德家前门的时候,我无意中向客厅里看了一下,正看见吉姆斯从柜子里取出一个塑料盒,里面装着弗里德的埃及古币。吉姆斯看见我,立即向厨房跑去,我从房子外面绕过去,在后院抓住了他。"

"他撒谎,"吉姆斯说,"我正在二楼的办公室里坐着,听到玻璃砸碎的声音,我向外一看,正看见比克在厨房门旁边,手里拿着那枚埃及古币。我跑下楼,在院子里抓住了他。他肯定是用钥匙开了门,偷走了埃及古币,又打碎了这扇玻璃窗户,制造了有人闯入的假象。"

在一旁站着的布朗先生问道:"能带我们到客厅里看看吗?"

比克说道:"当然可以"。

比克带着大家来到了弗里德家的客厅内。

布朗先生在客厅里转了一圈,突然说道:"我知道谁是盗贼了"。艾文走到布朗先生身边,迷惑地挠挠了头,问道:"谁是盗贼呢?"

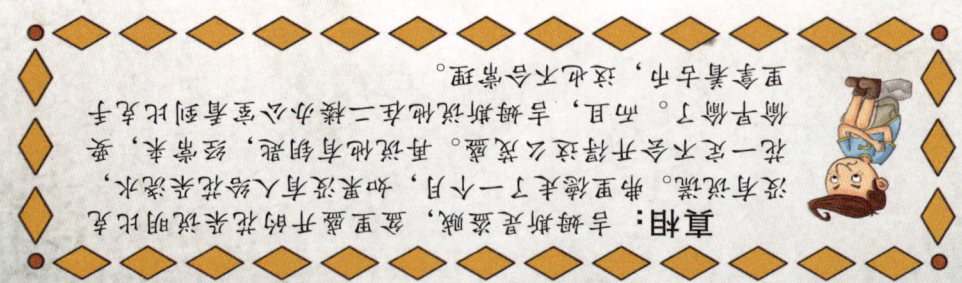

真相:吉姆斯是盗贼。因为题目中说弗里德出差已经没有说谎。弗里德离家了一个月,如果家里有人给花浇水,花一定不会开得这么久茂盛。并且,吉姆斯说他在二楼办公室里看到比克手里拿着古币了,这也不太现实。

37. 说谎人的心思

吃过早饭，布朗先生带着大家驱车直奔郊外。他们沿着一段崎岖的山路向前驶去，车开得很慢，有点颠簸，但路两边的野草鲜花，枝头飞叫的喜鹊，很是招人喜欢，再加上雨后的空气非常新鲜，他们都乐得唱起歌来。但是，没走多久，路上的车辆便逐渐多了起来，直到再也无法移动，被堵死在了路上。

原来，前面发生了一起交通事故，交警正在向司机盘问。交警看到布朗先生来了，立刻请他帮忙分析一下案情。布朗先生看了看两个司机道："请你们把刚才的事情再具体地叙述一遍。"

一名穿着讲究的年轻男子说道："我当时正带着女友去参加一个舞会，另一辆车穿过了马路中心线，把我逼到了一边，昨晚下了雨，路面还很滑，我的车没刹住，就撞到了路边的树上。幸运的是我并没有受伤，可我的女友却被抛出了窗外。我立即下了车，来到草丛并把女友抱了起来。可是由于草很稀疏，所以脚下有很多的污泥，我抱着她走起来非常吃力，又不小心滑了一下，她从我怀里跌了下去，我又一次把她抱起来，放进车里。"

"我真的没穿过中心线，"另一个司机也是衣冠楚楚，他争辩说，"我听见他的车撞到了树，便赶紧刹车并回头赶去帮忙。"

"你瞧见了什么？"布朗先生问道。

"他正抱着那个年轻的小姐，"另一个司机说，"当他走到那边时，他滑了一下，人跪了下去，那个姑娘也一声不吭地跌了出去。"

布朗先生检查了女子被抛出的地方，乱草、碎石和烂泥使得查找脚印的工作十分困难。他又走了回来，沉思了一会儿，对交警说道："这两个人都说谎了，带回去好好审问一下。"

聪明的艾文这下也不知道是什么原因了，你知道破绽在哪里吗？

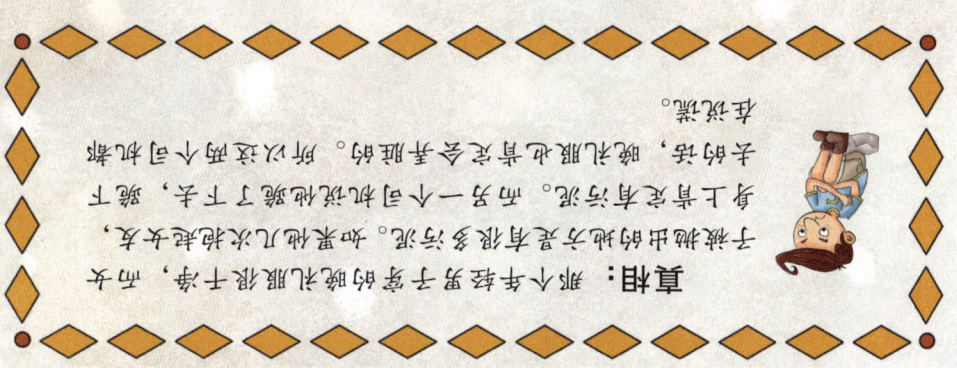

真相：那个年轻男子声称他滑倒在地上，为女子抛掷出的距离并不远，如果他几步就滑倒，每上其左右为泥，他几跟上面应该留下了泥，跪下子的话，膝盖应该是有泥点粘上的，所以这男子回来时身上没泥就说明他是在说谎。

38. 圣诞夜惊魂

虽然夜色已深，但灯火通明的大街上，依然有许多孩子在嬉闹玩耍，因为今天是圣诞夜。吃过晚饭的艾文和克莱尔也在外边玩耍，布朗先生觉得时间已经很晚了，是应该让孩子回家休息了，于是他就沿着街道去找艾文和克莱尔。

这时，外面还下着小雪，布朗先生一边往前走，一边四处张望，他希望能快点看到艾文。突然，附近的一个小巷中传来了警报的铃声。

"有案子了。"布朗先生喃喃道。顾不得再去寻找艾文，布朗先生立即打开手电筒，向那个黑暗的小巷跑去。

在微弱的灯光下，一名男子衣着单薄，躺在一栋旧大楼的仓库前，腹部中刀身亡。

布朗先生走到尸体的旁边，仔细观察了一会儿，好像是在思索什么。然后，他又打开仓库的大门，这时，警察和周围的居民也陆陆续续地赶来了。其中还有穿着宽大的圣诞装老人装的"圣诞老人"。

仓库的大门里面也躺着一名男子的尸体，同样是腹部中刀死亡。不过这名男子好像是一个看仓库的门卫，因为他身上穿着一套制服。警方到来之后，立即在案发现场周围拉起了警戒线，过滤可疑人物。

布朗先生检查过死者的尸体，发现两名死者可能是被同一人所害。警方人员也在仔细地搜索着可疑之处，可是似乎没有找到任何线索。

这时，布朗先生站起身来，在围观人群中扫视一圈，对身边的警察低低说了几句话。警方随即逮捕了其中的一人，经过审问，他果然是凶手。

亲爱的小朋友，你知道布朗先生是怎么知道真相的吗？

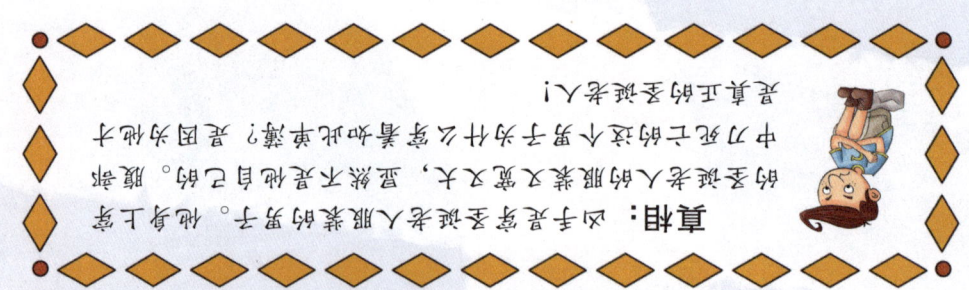

答相：因为肯定是死者用腰带上的刀刺杀凶手的人的身上一定沾染了大量的人血，虽然凶手擦干净了身上的血迹，但是他的鞋子上沾着血，是凶手们没有擦掉的。

39. 雪夜凶杀案

一个大雪纷飞的夜晚,正在熟睡的布朗先生被骤然响起的电话铃声给吵醒了。电话那端传来了一名男子的声音:"您好,是布朗先生吗?有人被杀了,在华东新区,五号楼房的906房间。"

布朗先生立即穿上衣服,赶往了案发现场。到了案发现场之后,布朗先生向那名报警男子询问道:"你叫什么名字?"

男子回答道:"我叫罗杰。"

"你和死者是什么关系?"

"她是我刚认识的好朋友。"

"能把你发现死者的具体情况给我说一下吗?"

罗杰叙述道:"今天晚上我和她约好了一起去看电影,于是下班以后,我就马上给她打了电话,可是没有人接,我又连续打了好几个电话,还是没有人回应。我心里有些担心,所以就到她的住处来看看。没有想到,她竟然遇害了。"

了解了这些情况以后,布朗先生就走进了死者的房间,并认真地检查了房间的每一个角落。

检查完案发现场之后,布朗先生陷入了沉思,看样子他好像是没有找到任何线索。也许可以找对面楼里的人问问情况,说不

定会找到一些线索。

于是，布朗先生马上派人到对面楼层叫来了那户人家的主人——凯琳。原来，凯琳和死者曾是好姐妹，但由于后来两人喜欢上了同一个男子，所以她们之间的关系就疏远了。

布朗先生向凯琳问道："你一直都在家吗？"

凯琳回答道："是的，先生，我从下班就一直在家，天气太冷，在家暖和。"

布朗先生又继续追问道："你有没有听到对面楼房的那户人家有什么动静？"

凯琳说："大概九点左右吧，这个小姐家来了一个男人，大概有1.75米的身高，一头黄色的卷发，耳朵上还有两个耳钉，嘴里叼着一根香烟，身上穿着一件黑夹克。他们刚刚说了一会儿话，就发生了争吵，接着就打了起来，最后那个男的竟杀死了她！"

还没有等凯琳把话说完，布朗先生就说道："你在撒谎。"

聪明的小朋友，你知道布朗先生为什么认为凯琳在撒谎吗？

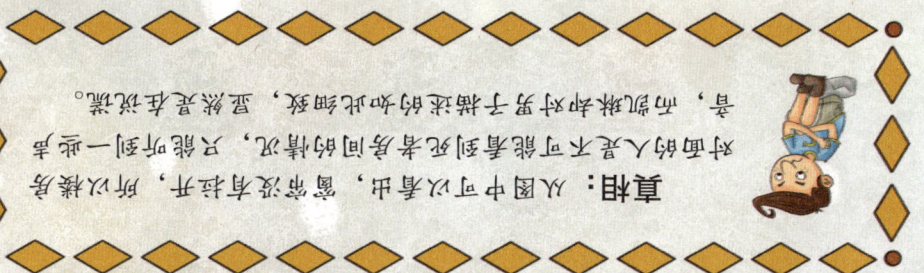

答dlm：从图中可以看出，窗帘没有拉开，所以凯琳对面的人是不可能看到房间的情况的，只听听到一些声音，而凯琳却对男子描述的如此详细，显然是在说谎。

40. 谁杀了画家

下午放学后,艾文刚回到家,就发现家里又来客人了,艾文只好装出很乖的样子,坐在一边听大人们说话。

客人名叫阿瓦尔,是布朗先生的高中同学,平常他们是很少联系的。阿瓦尔突然来访,肯定是有事相求。艾文心想:"会不会又是有什么难以破解的案件呢?"果然,让艾文猜中了。

阿瓦尔说:"我和一个爱画画的好朋友约好今天一起去山上画画,可是我等了好久,他也没有来找我,于是我便亲自去他家里找他,等我赶到那里的时候,却发现他家已经被警察包围了。我从警察那里得知他死亡的消息后,就立即来找你了,希望你能帮忙找到真正的凶手,因为警察在现场还没有找到任何线索。"

布朗先生问道:"现场还保留着原来的样子吗?"

阿瓦尔说道:"应该还保留着,因为警方还没有找到任何线索,况且时间并不长。"

布朗先生听了以后说道:"那就好,我们赶快去吧。"

布朗先生赶到现场之后,便开始向警方的调查人员询问一些情况。调查人员说:"画家是被人用锋利的东西从背后刺中要害而亡。"布朗先生仔细地观察了一下尸体,然后又认真地检查了一下房子里的其他地方。

布朗先生似乎没有在案发现场找到任何线索,所以他开始调

查画家的亲友。恰好，警方正在询问死者的女朋友。更为凑巧的是，这个画家的女朋友竟然是阿瓦尔的大学同学，她的名字叫露西。

露西向警方和布朗先生说道："前几天我与画家发生了一些争执之后，我就离开了。我真的不知道他是怎么死的。不过，我知道画家曾和他的一个朋友在一起开公司，但是他们两个人经常争吵，相互排挤对方，很有可能是那个人杀害了画家。"

露西接受完警方的调查之后，已经到了晚上10点多了。这时，警方和围观的人群都已经走了。由于露西和阿瓦尔是大学同学，突然相见，倍感亲切，再加上还有一个孩子——艾文在场，所以露西说道："忙了一整天，你们一定饿了，我去厨房给你们准备点吃的吧！"阿瓦尔正要说"不用麻烦了"，可是站在一旁的布朗先生立即说道："艾文肯定饿坏了，这里有东西吃吗？"

露西说道："还有五六个鸡蛋，我给你们煎鸡蛋吃吧。"

布朗先生看了看露西，自言自语道："我知道了！"站在旁边的艾文也点头道："我也知道了。"

你知道了吗？

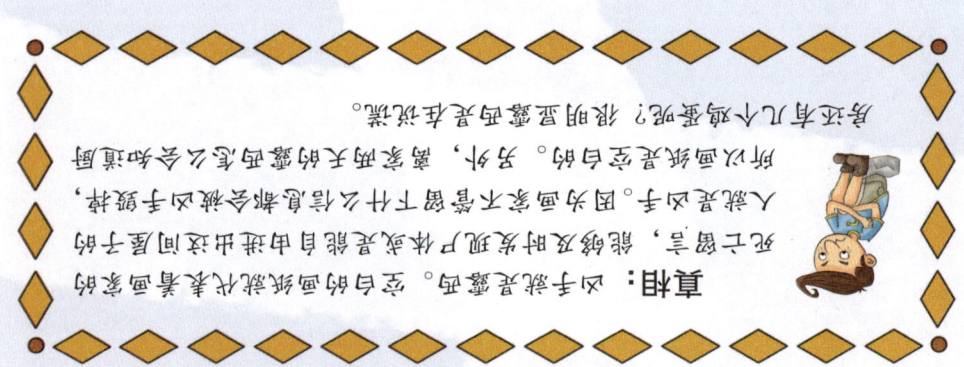

真相：凶手就是露西。没有凶手的房间反而是真正的杀人凶手。说谎者为了掩盖自己说谎的事实，往往会故意把问题引到不相干的人身上。因为画家家里什么吃的都没有就说谎者。所以露西说家里有五六个鸡蛋露出了她是凶手的真面目。家里有几个鸡蛋呢？说明画家还没有死。

41. 敬业的医生

皮特是一个职业骗子，他知道如何快速地骗到别人，他的骗术十分简单却行之有效：他总能扮成不同医院的医生，在人们去医院治病时骗到一大笔钱，然后悄悄地溜走。

克勒福尔相信，他今天在克罗夫医院里碰到的那个牙医就是皮特。他向布朗先生讲述了自己的遭遇，而同样的情形在布朗先生的侦探所里已经出现过很多次了。只是克勒福尔比其他受骗者更勇敢，他小心地跟踪着皮特出了医院，直到找到皮特的住处。可是当克勒福尔质问他时，他拒不承认假扮过医生，因此克勒福尔找到布朗先生，并告诉布朗先生在哪里可以找到这个可恶的骗子！布朗先生向克勒福尔保证，他一定会揪出这个大骗子。随后，他马上带着艾文和威狼，来到这家伙居住的阁楼里。

布朗先生向皮特询问，关于克勒福尔和克罗夫医院牙医的情况，皮特怒气冲冲地说："我根本不知道什么克罗夫医院，更没有做过牙医，克勒福尔在胡说！"

不过，艾文并不相信皮特，他已经在皮特的阁楼里发现了他说谎的证据，是什么暴露了这个骗子的身份呢？

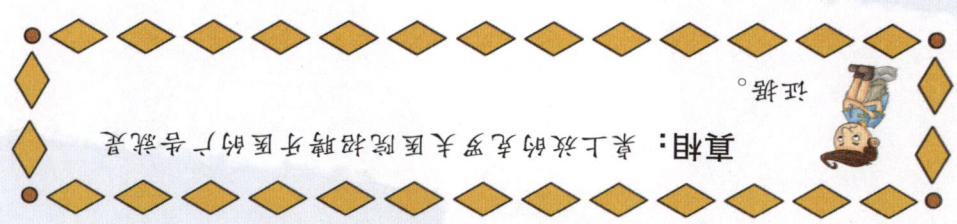

提示：桌上放的那支牙医院推销牙医的广告笔。